KB044466

재미지옥에서 왔습니다

방송월드에서 살아남은
예능생존자의
소름 돋는 현실고증

재미지옥에서 왔습니다

김주형 에세이

B 북폴리오

추천의 말

멱PD가 책을 내다니! 김주형 PD가 했던 다양한 프로그램만큼 이나 다채로운 이야기가 있는 이 책을 통해 많은 독자 분들께서 깨알 같은 재미 느끼시길 기대해봅니다. 먹살PD 파이팅!

_유재석(MC, 코미디언)

내가 생각하는 주형이 형은 천재다. 그리고 돌아이다. 천재이면 서도 굉장히 많은 노력을 하는 사람이고 돌아이지만 모든 사람 들이 좋아하고 또 늘 유쾌한, 정이 많고 또 현실적인 형이 궁금 했다. 함께 〈런닝맨〉 촬영을 하면서도 '어떻게 이런 생각을 했을 까?' '이런 아이디어는 어디서 나올까?' '이런 편집은 주형이 형 이니까 가능하겠지.'라는 생각을 자주 하면서 배우고 또 느꼈다. 이렇게 알 수 없는 주형이 형의 예능 노하우가 담긴《재미지옥에 서 왔습니다》적극 추천한다. 사실 나만 보고 싶은 욕심이 크다. 아니다. 추천한다.

_이광수(배우)

김주형 PD야말로 시간을 지배하는 초능력의 소유자다. 그의 프 로그램을 보고 있으면 내 시간이 후딱 사라져버리니까! 긴 시간 함께해온 동료로서 그가 프로그램을 만들 때 얼마나 열정적인지 나는 잘 알고 있다. 그의 피땀눈물이 모여 지금의 한국 예능이 있 는 거 아닐까. 그런 그와 함께라면 어디든 갈 것이다. 야만!

_하하(가수)

주형이 형은 늘 새로운 생각과 도전, 그리고 넓은 시야가 있어 제가 의지하는 형입니다. 이 책에 바로 그것들이 담겨 있습니다. 평소 책을 잘 읽지 못하는데 읽어보라고 해서 솔직히 당황했습니다. 하지만 읽어본 제가… 강력! 추천합니다.

_김종민(가수)

SBS 〈런닝맨〉의 먹PD 시절에도, 그리고 새로운 길을 찾기 위해 만든 회사에 함께하는 지금에도, 그는 성공에 안주하지 않고 언제나 끝없이 도전하는 모습으로 놀라움을 주어왔다. 독특한 아이디어와 새로운 감각으로 세상에 도전하고 싶은 예능 PD 지망생들에게 이 책은 좋은 지침서가 될 것이다.

_조효진(PD, 〈패밀리가 떴다〉〈런닝맨〉〈더 존: 버텨야 산다〉 연출)

방송국, 넷플릭스 모두를 경험한 현장 PD의 노하우는 여기에만 있다. 방송 PD에게 필요한 자질이 궁금하다면, 방송 기획과 제작이 어떻게 사람 관계와 협업 네트워크로 이루어지는지 궁금하다면, 지금 이보다 나은 책이 있을까. 위기의 순간마다 찾아오는 기회와 김PD가 끊임없이 추구하는 재미의 결합을 다 같이 경험해보자. 어느새 꿈이 PD로 변해 있을 것이다.

_윤호영(이화여대 커뮤니케이션미디어학부 교수)

20년이면 무엇이 변할까

운 좋게도 '예능 PD'란 타이틀로 20여 년을 살아왔다. 짧지 않은 시간을 돌아보면 아직까지 그 무엇보다 〈런닝맨〉이 나의 예능 PD 인생에서 가장 많은 부분을 차지한다. 〈런닝맨〉을 하면서 국내뿐 아니라 해외, 특히 아시아의 여러 나라에서 색다르고 다양하고 엄청난 반응을 경험했다. 벌어먹고 사는 일로서 했던 이 프로그램 덕분에 내 SNS 팔로워의 수는 자그마치 5만 명씩이나 된다. 베트남이나 인도네시아, 홍콩처럼 〈런닝맨〉의 인기가 높은 나라에서는 심지어 나를 알아보기도 한다. 프로그램 하나 때문에 생긴 실로 신기한 현상이다.

마치 예능 프로그램 전도사처럼 중국 대륙으로 날아가 내가 경험했던 리얼 게임 버라이어티 프로그램 제작 노하우를 전파했다. 이국땅에서, 말도 잘 통할 리 없는 현지의 스타, 제작진과 프로그램을 함께 제작하기도 했다. 이 모든 것은 2003년 내가 처음 PD가 되었을 때는 상상조차 할 수 없었던 일들이었다.

지금도 이 방송-월드는 빠르게, 더 빠르게 변화하는 중이다. PD를 시작한 지 20년이 흐른 지금, 말도 안 되는 일들이 세상엔 벌어지고 있다. 고작 4개 채널이 방송을 독점하던 시대는 이미 옛날 옛적 일이 된 지 오래다. 지금은 세기도 힘든 수많은 방송 플랫폼들이 생겨났고, 예능 콘텐츠들은 하루가 다르게 쏟아져 나오고 있다. 지금은 '멀티 플랫폼 시대'이고, 또한 '글로벌 방송 시대'이다.

혹자는 방송 PD를 '전문직을 가장한 월급쟁이'라고 한다. 이 방송 일은 알면 알수록 재미있지만, 알면 알수록 정말 어렵다. 방송에 정답은 없다. 그래서 누군가가 제대로 가르쳐주기도 애매하다. 노동 강도는 어떠한가. 출근 시간은 있어도 퇴근 시간은 없다는 이곳 방송의 세계. 특히나 가장 힘들다는 주말 버라이어티 프로그램을 하게 된다면 곧바로 주말의 여유나 사생활 따위는 고이 접어 간직해야 한다. 나는 그렇게 힘들 때마다 '적어도 재미있는 일을 하면서 먹고살고 있잖아.'라며 스스로를 위로하고는 했다. 그렇게 세월이 쌓여갔다.

이제는 아마 박물관에나 전시되어 있을 유물급 소니 베타테이프를 사용하던 아날로그 시절 끝자락에 나는 방송국 PD가 되었다. 그 격동의 SD시대를 지나 HD시대를 거쳐, 이제는 4K, 8K 등으로 무수히 진화하고 있다. 달랑 카메라 한 대만 들고 전국의 촬영장을 누비며 편집하던 시절이 있었지만 지금은 수십 대, 때로는 100대가 넘는 카메라가 있는 거대한 촬영 현장이 외려 익숙하다.

그럼에도 방송 프로그램의 본질이 '재미와 의미'라는 것은 쉽게 변하지 않는다. 아무리 화질이 좋아지고 음향이 좋아졌다 할지라도, 결국 프로그램의 내용이 재미있지 않거나 의미가 담겨 있지 않으면 곧 시청자에게 외면당하기 마련이다. 폭풍 같은 변화 속에서 재미와 의미를 찾는 것이 나의 여정이다.

골치 아프고 스트레스도 많지만 그래도 재미있는, 빠지면 헤어날 수 없는 것이 바로 예능 PD 일이다. 그래서 우스갯소리로 예능 PD를 '재미있는 지옥에 있는 것'이라고도 한다. 명심할 것은 내가 재미있다고 해서 과연 남들도 재미있어 할까? 하는 의문을 끊임없이 품어야 한다는 것이다. 그리고 방송은 때론 무서울 수도 있는, 큰 영향력을 가진 것임을 늘 명심해야 한다. 내가 만든 방송이 내가 알지 못하는 누군가에게 생각지 못한 영향을 끼칠 수도 있다는 것을 늘 잊지 말아야 한다. 나는 이 어려운 방송을 아직도 재미있게 하고 있다. 방송 제작은 늘 어려웠고, 힘들었다. 하지만 그래도 계속할 수 있을 때까지, 더 길~게 최대한 길~게 하고 싶다!

김 주 형

차례

추천의 말 · 004

프롤로그 · 006

PART 1 세상은 넓고 콘텐츠는 많다

변화하는 물결에 올라타자 · 014

한국 최초 넷플릭스 오리지널 예능의 탄생 · 018

넷플릭스와 리얼 버라이어티 · 024

호캉스가 좋아서 · 032

뇌가 순수한 남자의 '뇌피셜' · 038

코미디 트릴로지 · 045

여유로운 방송국의 추억 · 053

아침 잠 많은 자의 고민 타파 · 061

운칠기삼 언론고시 · 065

행운의 번호와 행운의 은인 · 073

PART 2 자고로, 메인스트림이 돼야 하는 법

여의도, 여기가 어디죠? · 082

신사옥에 갇히다 · 087

여기서는 안 되겠니 · 090

반쪽짜리 예능과 제시카 알바 · 095

코볼소를 코앞에서 · 100

천국과 지옥 · 108

다시 오프닝을 찍다 · 111

'니쥬'와 '오도시'의 세계 · 118

메인스트림에 올라타다 · 123

PART 3 시간을 지배하는 자

커리어 대표작과 유느님 · 130

날 살린 태국 · 137

멱PD의 시작과 레전드 특집 · 145

월드 스타는 역시 월드 스타 · 149

잇츠 쇼타임 · 154

다시 런닝맨, 달려라 형제 · 159

일하는 건 어디나 비슷해 · 162

파견이 끝나고 난 뒤 · 171

앞으로도 지옥에 살리라 · 175

세상은
넓고
콘텐츠는 많다

READY
CAMERA
ACTION!!

변화하는 물결에 올라타자

2016년 9월, 입사 14년 차의 나는 첫 직장 SBS에 '진짜' 사직서를 냈다. 그동안 위급 상황마다 공사표(?)를 몇 번 써먹긴 했지만, 이번엔 '찐' 사표였다. 나름 오래 고민해왔기 때문에 마음을 단단히 굳힐 수 있었다. 왠지 모르게 시기도 적절하다는 생각이 들었다. 더 늦어지면 나오지 못할 것 같았다.

'그래. 지금이야.'

방송 시장은 계속 급변하고 있었고, 어쩌면 마음먹은 자에게 도전의 기회가 열려 있었다. 당장 내가 경험했던 거대한 중국 시장만 해도 그렇고, 넷플릭스를 필두로 한 새로운 플랫폼들에 대한 도전의 기회도 아이디어와 의지만 있다면 뭔가를 해도 해낼 것이 많아 보이는 '물이 들어오고 있는' 때였다. 그러나 방송국에 소속된 채로는 그저 가라면 가고 오라면 와야 했다.

십여 년간 지상파 방송국 예능 PD로 있으면서 예능 내 다양한 장르의 프로그램도 경험했고, 방송국 대표 예능 프로그램도 연출해봤다. 게다가 흔치 않은 해외 합작 프로젝트의 성공 경험까지. 무모한 근자감을 주기에 부족하지 않은 예능 PD로서의 세월이었다는 판단으로 결론은 내려졌다.

추석 무렵, 긴 연휴를 염두에 두고 전략적으로 사직서를 제출한 나는 곧바로 동물적인 감각으로 잠수를 타고 몇 주간 해외로 훌쩍 여행을 떠났다. 흔한 사직자들처럼 다른 어디와 얘기가 되었다거나, 달리 갈 데가 있는 것도 아니었다. 주변에는 그냥 '더 이상 PD를 안 할 것'이라고 했다. 그래야 수월하게 놓아줄 것 같았다. 모든 건 사직서가 수리되고 생각해보기로 했다. 솔직히 어디든 갈 곳은 있겠지 했다.

그런데 고맙게도 쉽게 놓아주지는 않았다. 방송국 윗분들과 많은 자리를 가졌고, 다시 생각해보라는 설득들을 하셨다. 그러나 그때는 이미 확고했다. 아예 다른 일을 해보기로 마음을 굳혔다고 말씀드렸다. (당시 부모님이 제주도에 계셨는데, 나도 제주도에 내려갈 거라 둘러댔다.)
아무도 이 말을 믿지는 않았던 것 같았지만, 전과는 다른
확고한 내 태도에 결국 사표는 수리되고 드디어 퇴직 처
리가 되었다.

사직서를 낸 지 두 달여 만이었다. 원했던 것이었으니
마음도 홀가분했다. 20대 후반부터 긴 시간 동안 나를
예능 PD로 성장하게 해주고, 먹고 살 수 있게 해준 곳이
SBS였다. 그런데 이제 정말 안녕이었다.

SBS를 그만두게 된 데에는 여러 가지 이유가 있었지
만, 나보다 1년 전에 그만둔 선배들의 영향도 있었다.
〈런닝맨〉을 만들고 같이했던 조효진 PD와 〈X맨〉, 〈패
밀리가 떴다〉 등 SBS 최고의 히트작을 만들었던 장혁재
PD가 그들이다. 이 두 선배는 나보다 1년여 전 회사를
퇴사했다. 그리고는 '컴퍼니상상'이라는 예능 제작사를
만들어 운영하고 있었다. 그리고 선배들은 중국에서 〈런
닝맨〉 같은 대규모의 게임 버라이어티 프로그램을 제작
하고 있었다.

아무 생각 없이 노니까 정말 좋긴 했다. 자유의 백수가
되니 시간도 정말 빠르게 갔다. 금세 몇 개월이 지나갔

다. 그간 고맙게도 여러 제안들이 들어왔다. 다들 '설마 그동안 해본 게 예능 PD밖에 없는데 정말로 그만두고 다른 걸 하겠어?' 한 모양이다. 고민 끝에 정한 곳은 다름 아닌 선배들의 품이었다. 2017년 2월, 내 두 번째 직장에 조인했다.

한국 최초 넷플릭스 오리지널 예능의 탄생

여의도-목동으로 이어진 나의 방송 라이프 터전은 이
제 상암동으로 옮겨졌다. 급변하는 방송 시장에 발맞춰
글로벌 예능 시장을 정복해보자, 그래서 큰 회사를 만들
자! 라는 큰 포부로 SBS가 아닌 상암에서 우리는 다시
뭉쳤다. 일단 우리가 집중한 곳은 경험해봤던 큰 시장,
바로 중국 시장이었다. 가뜩이나 거대한 미디어 시장인
중국은 그 크기의 끝을 가늠할 수 없을 정도로 한창 폭
발적인 성장 중이었다. 중국판 런닝맨의 대히트 이후로,
무엇보다 한국의 우수한 제작 인력을 지속적으로 원하
는 분위기였다. 게다가 우리는 중국판 런닝맨을 성공적
으로 이끈 PD들이었기 때문에, 중국으로부터 제안과 기
회가 끊이지 않았다. 그래서 이미 파트너들도 많이 구축
해놓은 상태였다.

회사에 조인한 시점에 이미 선배들은 중국판 런닝맨 못지않은 큰 규모의 게임 버라이어티 〈24시간〉의 시즌 1을 저장위성을 통해 방송해 꽤 성공적으로 마무리했다. 그래서 빠르게 시즌2 제작이 확정되었고, 본 촬영을 앞두고 분주했다.

그런데 이 좋은 분위기 속에서 갑자기 예상치 못했던 큰 문제가 생겨버렸다. 바로 한.한.령. 한국과 중국, 양국의 문화 교류가 순식간에 꽁꽁 얼어버린 것이다. 누구의 잘못으로 인한 것도 아니고 뭘 못 해내서도 아닌 외교적인 문제 때문에 생긴 강력한 제재. '즉시 한국과의 방송 합작을 중단하라'는 중국 광전총국의 지침이 모든 중국 방송사 측에 내려졌다. 정부의 지침에 따라 우리와 협력하던 중국 방송국들과 방송 관계자들은 즉시 반응했다.

'당분간은 우리와 어떤 작업도 하기 힘들 것 같습니다.'

호기로 똘똘 뭉쳤던 우리에게 생각하지도 못한 큰 위기가 이내 찾아오고 말았다. 당장 〈24시간〉 시즌2의 촬영을 위해 해외 답사 및 세트 등 모든 것을 진행했어서 그에 따른 손실이 막대했다. 하지만 이런 상황은 아랑곳

하지 않은 채 한-중 양국은 사드 배치 문제 때문에 한 치 앞을 알 수 없는 긴장 상태에 있었다. 결국 한한령 때문에 우리는 〈24시간〉 시즌2의 첫 회 촬영을 하다 말고 긴급 철수했다. 방송은 되긴 했지만 우리가 온전히 제작을 하지 못했기 때문에 수익 면에서 큰 차질이 생기고 말았다. 나의 제2의 예능 인생에도 삽시간에 먹구름이 드리웠다.

우리의 원래 계획은 '몇 년이 될지 모르지만 당분간은 국내 방송국이나 플랫폼보다는 중국 위주로 프로그램 제작을 해보는 것'이었다. 국내 방송을 하기 싫었다기보다는, 거대한 기회의 땅이 활짝 열려 있던 타이밍이었기 때문이다. 그래서 당분간은 중국에서의 제작에 오롯이 집중할 생각이었다. 그러나 상황은 갈수록 심각해져만 갔다. 예정하고 있던 프로젝트들은 줄줄이 무한 연기 상태가 되어버렸고, 우리의 뜨거웠던 열의도 점차 식어갔다. 몇 달이 지나도록 해결책은 보이지 않았다.

일단 세웠던 계획은 폐기처분할 수밖에 없었다. 회사를 계속 유지하려면 계획에 없던 국내 방송국과의 접촉을 시작해야 했다. 하지만 쉽사리 진행이 되지 않았다.

아니, 우리의 마음이 쉽게 서질 못했다. 이러지도 저러지도 못하는 사이 몇 달이 또 흘러갔다. 그러던 어느 날 우연히 전화 한 통을 받았다.

"김주형 PD님 맞죠?"

"아! 네. 잘 지내셨어요?"

전화를 한 사람은 이전에 내가 〈인기가요〉를 연출할 때 알게 된 분이었다. 마침 나의 퇴사 소식을 기사로 접했다며 오랜만에 전화를 한 것이었다.

"제가 넷플릭스라는 곳에서 일하고 있어요, 혹시 아세요?"

"아 그럼요, 당연히 알죠. 제가 〈하우스 오브 카드〉를 얼마나 재미있게 봤는데요."

그분은 현재 자신이 넷플릭스로 이직을 했고, 이제는 한국에서 넷플릭스의 자체 제작 콘텐츠인 넷플릭스 오리지널의 제작을 준비 중이라고 했다. 그러던 차에 마침 내 퇴사 소식을 보게 되었고, 기획 중이던 예능 프로그램의 연출을 할 수 있을지 문의를 하려고 연락을 했다는 거다. 정말 기가 막힌 타이밍이 아닐 수 없었다. 죽으라는 법은 없다더니. 빠르게 변화하는 콘텐츠 세상에 새로 나타난 신흥 강자 넷플릭스에서의 연락이라니! 나는 컴퍼니상상에 조인한 상황을 설명드리고, 망설임 없이 오케이를 했다. 그리고는 잠시 어떻게 하면 이 제안이 더 좋은 방향으로 발전될 수 있을지 생각해봤다. 아무래도 그쪽에서 준비하던 프로그램을 단순히 연출만 하는 것보다는 온전히 우리가 기획한 프로젝트를 넷플릭스 오리지널로 성사시키는 게 더 좋을 것 같았다.

그때 불현듯 효진이 형이 기획하던 프로그램이 떠올랐다. 조효진 PD가 유재석 형을 염두에 두고 한-중 합작으로 준비하던 추리 예능 버라이어티 기획이었다. 당시 프로그램 기획은 어느 정도 되어 있었는데, 한한령 때문에 올스톱된 상태였다.

"혹시 추리 예능은 어떠세요? 회사에서 기획 중이던 게 하나 있는데. 아무래도 넷플릭스랑 잘 맞을 것 같은데."

담당자는 흔쾌히 기획을 들어보고 싶다고 했고, 이후 몇 번의 미팅을 통해 그 기획은 넷플릭스 오리지널로 제작이 결정되었다. 그게 바로 한국 최초의 넷플릭스 예능 오리지널 〈범인은 바로 너!〉이다. 한한령으로 잠시 멈췄던, 아니 멈출 뻔했던 우리의 전진은 넷플릭스를 만나 다시 속도를 내게 되었다.

넷플릭스와 리얼 버라이어티

그때는 넷플릭스가 아직 한국에 사무실 하나 없던 시절이었다. 우리는 계약을 하고, 본격적으로 한국 최초의 넷플릭스 예능 오리지널 〈범인은 바로 너!〉 시즌1의 제작에 착수했다. 넷플릭스 오리지널 콘텐츠의 제작은 지금껏 방송하면서 경험하고 익혀왔던 것들과는 많이 달랐다.

일단 넷플릭스라는 서비스의 특징이 '몰아보기'에 최적화되어 있고, 이용자들도 그런 방식을 선호하는 사람들이었다. 빈지 워칭Binge watching이라 불리는 이러한 콘텐츠 '몰아보기' 소비 트렌드는 넷플릭스 등장 이후로 더욱 확고해졌다고 봐도 과언이 아니다. 그러한 몰아보기가 가능하려면, 시즌의 전편이 완전히 미리 제작되어야만 한다. 이에 따른 넷플릭스 오리지널의 일반적인 제작 방식은 '완전한 사전 제작'이었다.

완전 사전 제작이라는 새로운 시스템이 지금까지 프로그램을 제작할 때와 가장 다른 점은 '매주 방송을 통한 시청자들의 즉각적인 피드백을 반영하는 것이 불가'하다는 점이었다. 이는 프로그램 최초 기획 단계부터 평소의 제작 접근법과 달라야만 함을 의미했다. 특히 예능 프로그램, 더욱이 버라이어티 장르가 시즌제로 제작되어 방송되는 것은 그동안 일반적이지 않았다. 그러나 넷플릭스는 시즌제가 기본이다. 매주 시청자의 피드백을 통해 캐릭터가 성장, 발전하는 버라이어티야말로 시즌제 기획이 쉽지 않다. 따라서 매우 어려운 도전인 셈이었다.

우리는 우선 '완성된 시즌을 기획해서 만들자'라는 점에 초점을 맞추었다. 그동안 우리가 해오던 방식이었던 프로그램의 반응에 따른 조정, 즉 시청자의 피드백에 대한 반영과 함께 캐릭터가 조정되고 성장하던 기존의 버라이어티 전개 방식과 달라야 했다. 때문에 우리가 고심 끝에 결정한 것은 '보다 완성된 스토리를 갖자'였다. 예능에 짜여진 스토리라니? 대사도 없고, 잘 세팅된 상황에서 연예인들이 즐겁게 플레이하며 만들어내는 것이 일반적인 버라이어티 예능의 제작 방식일 것이다. 하지만 보다 완성된 시즌이 되려면, 이야기의 시작과 끝맺음, 또는 여운이 중요할 것 같았다. 그래서 시즌 전체의 스토리 라인과 개별 에피소드의 스토리 라인을 먼저 생각해 내고 정하는 과정이 필요했다.

비슷한 이유로 발생하는 또 다른 문제점은 바로 시의적인 부분이 적용될 수 없다는 것이다. 완전 사전 제작이기 때문에 모든 제작이 끝나야 방송이 가능하다. 따라서 콘텐츠 공개 시점에 이르러 가장 뜨거운 인물이나 사건, 이슈 등에 대한 반영이 불가능하다. 그래서 〈범인은 바로 너!〉의 소재인 추리, 그리고 그로 인해 펼쳐지는 개별적인 스토리, 나아가 시즌 전체의 스토리 라인에 더욱 집중할 수밖에 없었다. 이 때문에 〈범인은 바로 너!〉는 예능 버라이어티에 드라마적 요소가 결합되었다고 할 수 있다. 특정한 방향성을 가진 스토리 안에서 자유롭고 리얼한 예능의 현장성을 결합하는 일은 쉽지 않았다.

넷플릭스 역시도 리얼 버라이어티가 매우 생소했다. 수많은 카메라를 사용하는 멀티 카메라 시스템은 그들에게도 낯선 것이었다. 때문에 넷플릭스 미국 본사 직원들과의 소통이 굉장한 난제였다. 예를 들면 왜 카메라를 그렇게 많이 써야 하는지, 왜 왜곡된 앵글을 의도적으로 쓰는지 등 우리에게는 당연했던 기존 문법 파괴적(?) 부분들을 일일이 설명하고 설득해야 했다.

프로그램의 피지컬 프로덕션 부분, 즉 기술적인 부분들도 많이 달랐다. 넷플릭스는 자신들의 서비스를 유료로 이용하는 이용자들에게 최상의 상태에서의 콘텐츠 경험을 최우선 목표에 둔다. 최상의 상태란 바로 최상의 화질과 음질, 그리고 편의성이다. 그래서 스스로를 콘텐츠 서비스 회사이면서 '기술 집약적인 테크 회사'라고도 부른다. 때문에 그 기술적 부분에 집요할 정도로 집착한다는 느낌을 받았다.

그래서 그들이 생각하는 보통의 문법들을 다 파괴해 방송하는 우리나라 예능이 그들로선 낯설었을 거다. 보통 우리나라의 예능 프로그램들은 수많은 카메라를 사용하며, 더욱이 화질이 다소 떨어지는 고프로 카메라로 찍힌 컷이나 거치 카메라로 찍힌 컷들이라도 재미있는 내용만 잘 담고 있다면 화질적인 손실을 감수하더라도 확대하거나, 분할하거나, 비율을 자르거나 심지어 화면을 왜곡하면서 만들어진 '거친' 화면들을 거리낌 없이 사용한다. 예를 들면, 〈런닝맨〉 같은 프로그램에서 출연자의 근접샷을 촬영하는 VJ들이 출연자와 함께 한 컷에 나오는 장면은 우리에겐 너무나 익숙한 방송 장면이다. 하지만 그들은 굉장히 의아해했다.

프로그램의 제작이 결정 나고, 이에 대한 기술적 논의를 처음에 시작했을 무렵, 미국 넷플릭스 본사 쪽에서 참여한 프로덕션 관련 직원들은 왜 화질이 떨어지는 화면을 방송에 내보내야 하는지, 왜 콘텐츠상에서 카메라가 노출되는지 등을 물었다. 그들은 근본적으로 이해하지 못했다. 하긴 당연했다. 그렇게 콘텐츠를 만들어본 적도, 잘 본 적도 없었을 것이다. 그들에게는 너무나도 특이한 한국 리얼 버라이어티 제작 환경에 대한 이해를 구하고 설명하는 데 상당한 기간이 걸렸다.

우리의 우군이었던 한국 넷플릭스 분들과 함께 계속해 본사의 관계자들을 설득했다. 거듭된 화상 회의와 끊임없는 이메일 교류를 통해 결국 많은 양보를 받고 의미 있는 진전을 이루어냈다. '콘텐츠의 성공이 가장 중요'하며 '원 제작자의 의도가 콘텐츠에 잘 담기는 것이 중요하다'는 원칙하에 많은 것을 합의해냈다. 이후로 어려웠던 부분들이 차차 하나씩 해결되었다. 넷플릭스 쪽에서 자신들의 원칙을 그대로 고수하기보다는, 원 제작팀의 낯선 제작 방식을 이해해준 것이다. 매번 느끼는 것이지만 협업에서 가장 중요한 것은 바로 소통이다.

완전히 새로운 제작 시스템으로 시행착오를 겪었지만, 좋은 점도 여러 가지 있었다. 무엇보다 예전처럼 매주 매주 '시간에 쫓기며' 제작하지 않아도 되었다. 매주 방송을 만들어낼 때는, 어떤 좋은 아이디어와 기획이 마련되어도 결국 시간에 쫓기면 아쉬운 구현에 그칠 때가 많았다. 매주 90분에 이르는 방송을 만들어내야 했으니 그럴수밖에 없긴 했다. 하지만 이번 에는 달랐다. 물론 아쉬움이 당연히 있긴 하지만, 그래도 최대한 의도하고자 했던 바를 구현할 시간이 주어졌다. 이를테면 복잡한 세트를 구축하고, 에피소드에 최적화된 적절한 장소들을 준비할 시간, 프로그램의 완성도를 높일 디테일을 마련할 시간, 충분한 후반작업을 통해 편집본을 섬세하게 다듬을 시간 등. 마냥 넉넉하지는 않았어도 예전처럼 쪼들리지는 않았다. 사실 이런 것들은 예능 PD에게 상당히 중요한 부분이다. 아이디어를 구현할 자원과 시간이 충분히 확보되는 것. 그러면 자연스레 프로그램의 완성도가 높아진다고 생각한다.

작업을 하면서 느낀 또 다른 장점은 '편집권에 대한 간섭이 굉장히 적다'는 점이다. 〈범인은 바로 너!〉를 제작할 때만큼은 편집에 대한 간섭이 지금까지의 경험상 가장 적었던 것 같다. 어느 정도의 의견 차가 있던 때에도 대체로 제작진의 의견이 반영되곤 했다. 프로그램을 기획한 제작진의 의도가 가장 중요할 것이라는 믿음이 느껴진 부분이다.

전 세계로 송출되는 OTT의 특성 때문에 발생한 일도 있다. 음악에 대한 부분인데, 지금까지 프로그램을 제작할 때는 거의 모든 음악을 자유롭게 사용할 수 있었다. 하지만 이번에는 그럴 수가 없었다. 거의 모든 나라에서 콘텐츠를 볼 수 있게 되다 보니, 그 나라들의 음악 저작권을 하나하나 해결하는 것이 불가능하기 때문이었다. 그래서 우리는 〈범인은 바로 너!〉의 분위기에 맞는 음악을 '전부 다' 새로 제작해야 했다. 기존의 노래나 음악을 사용하게 되는 경우 그 저작권에 대한 비용이 감당할 수 없는 수준이 된다. 다행히도 영화 음악 감독을 하던 대학 후배 정지훈 감독이 우리를 구원해줬다. 저작권에 대한 부분을 흔쾌히 이해해주었을 뿐 아니라 정말 맛깔 나는 추리물 음악을 만들어주었다. 후배의 뼈를 갈아 넣은 노력 덕에 만족스러운 음악을 사용할 수 있게 되었고, 그 음악 덕분에 〈범인은 바로 너!〉는 더욱 빛을 낼 수 있었다.

호캉스가 좋아서

방송국 밖으로 나와 원했던 대로 다양한 프로그램을 했다. 그중 또 다른 하나는 Lifetime Korea에서 방송한 〈파자마 프렌즈〉이다. 마음껏 널브러져도 괜찮고, 조금 어질러져도 아무 상관없는 그런 곳이 어딜까. 바로 호텔 아닐까? 호캉스야말로 내가 즐겨하는 '놀이'다.

호텔에 가면 괜시리 기분이 좋다. 체크인하러 들어가 자마자 각각의 호텔이 저마다 내뿜는 특유의 향을 맡는 순간부터 나의 마음은 설렘과 평온을 얻는다. 특히 아이를 키우고 있는 요즘, 호캉스는 집안일로부터 와이프를 조금이나마 해방시켜준다는 점에서, 아랫집 눈치가 보이는 집보다는 아이가 조금 더 자유롭게 행동할 수 있다는 점에서도 옳다. 게다가 마음껏 수영장에서 수영도 할 수 있고, 키즈카페 못지않은 프라이빗한 키즈라운지도 있고, 느지막이 일어나서 식당으로 내려가면 남이 차려놓은 맛있는 아침밥을 천천히 즐길 수도 있으니. 이게 바로 천국 아니겠는가.

이렇듯 호캉스를 애정하는 나의 취향은 프로그램 〈파자마 프렌즈〉가 되었다. 세상엔 점점 특색 넘치고 개성 있는 호텔들이 많아지고 있고, 호텔마다 새롭고 특별한 프로그램들을 준비해 고객들에게 제공하고 있다. 이를 프로그램으로 만들어 보여주면 재미있겠다는 생각에서 〈파자마 프렌즈〉가 탄생했다. 본격 호캉스 즐기기 프로그램.

화려한 호텔들만큼 멤버 역시 화려했다. 모델이자 지금은 배우로 왕성한 활동을 펼치는 장윤주 씨는 꼭 일해보고 싶었던 연예인 중 한 명이었다. 톱모델로 타고난 기럭지와 옷발, 그리고 유려한 말발의 소유자, 게다가 음악도 미술도 잘하는 다재다능 예술인. 그래서 섭외에 엄청 공을 들였다. 오랜 고민 끝에 오케이를 받아냈다. 너무 기뻤던 순간이다.

〈런닝맨〉을 같이 했던 (송)지효는 내 섭외에 바로 흔쾌히 오케이를 했다. 역시 런닝맨 멤버의 의리란! 두 베테랑을 섭외하고 나니 남은 두 명은 좀 나이가 어린 핫한 연예인을 섭외하면 좋겠다는 생각이 들었다. 그래서 섭외한 레드벨벳의 조이와 우주소녀 성소. 〈파자마 프렌즈〉의 비주얼 최강 멤버 라인이 완성되었다.

네 명은 당시 서로 친분이 있던 것이 아니었다. 그렇지만 서로가 서로에 대해 궁금증이 많은 상태였다. 그래서 그들이 친해지는 과정이 자연스럽게 촬영에 녹아들었고, 이는 또 다른 재미 요소가 되었다.

본래 기획 의도에 맞게 각각의 호텔들이 가진 스위트룸의 화려함, 그리고 팬시한 레스토랑에서의 다양한 음식들, 호텔마다의 특색 있는 프로그램들 등 그 다채로운 그림이 늘 함께했다. 그렇지만 결국 〈파자마 프렌즈〉를 이끈 건 호캉스를 진심으로 즐기는 와중에 보여준 멤버들의 진솔한 모습이었다. 편안함과 안락함 속에서의 속 깊은 대화들이 화제가 되었다. 그 중심에는 베테랑 장윤주 씨와 지효가 있었다. 특히 윤주 씨는 상대의 이야기를 잘 들어주는 사람이다. 그녀는 누구보다 공감에 능하다. 그리고 리액션이 참 좋다. 그래서 예능 프로그램 MC를 하기에 특출한 자질이 있다고 생각한다. 지효는 많은 방송 경험을 통한 관록의 소유자다. 버라이어티 프로그램을 오랜 기간 하면서 날고 기는 예능인들에게 단련되어왔다. 배우지만 두려움 없이 망가진다. 그리고 튀지 않으면서도 늘 자기 역할에 솔신수범하는 스타일이다.

이렇게 잘 이끌어주는 두 언니가 중심이 되고, 톡톡 튀는 호기심 많은 두 동생이 더해지니 이른바 황금 밸런스였다. 이들 넷은 마치 오래 알고 지낸 여고생 선후배들처럼 금세 친해졌다. 네 명의 프렌즈가 함께하는 호캉스가 기획 때 상상했던 것과 똑같은 그림으로 매번 연출되었다.

〈파자마 프렌즈〉의 촬영은 꼬박 1박 2일로 진행되는 쉽지 않은 일정이었다. 그런데도 여느 프로그램 때보다 후배들이 덜 힘들어했던 것 같다. 역시나 '호텔'이라서였을까?

프로그램 기획하기?

나와 내 주변의 모든 경험은 프로그램의 소재가 될 수 있습니다!

많은 분들이 그렇겠지만 저 역시 보통 뭔가가 떠오르면 메모장에 적어두는 편입니다. 무언가가 떠오르는 시간은 정말 일정치 않죠. 길을 걸어갈 때, 운전할 때, 딴 생각을 하다가… 저에게 아이디어란 쥐어짜내서 떠오르는 것이 아니라 불현듯 떠오르는 것 같아요. 그래서, 꼭 적어놓아야 합니다. 안 그러면 까먹어요. 물론 시간이 지나서 다시 그 메모장을 열어보았을 때, 대부분은 '폐기처리용'입니다. 당시는 좋아서 적어놓았겠지만, 후에 다시 보면 별로일 때가 많아요. 그래도 그중 단 한 개만 건져도 정말 성공입니다. 엉뚱한 생각이 날 때, 꼭 적으세요!

평소 생각난 기막힌 아이디어들은 아마 나의 허황된 상상이라기보다는, 내가 언젠가 경험하고 느낀 것들, 어디선가 본 것과 관련된 것일 겁니다. 그리고 그 아이디어들은 모두 그럴듯한 프로그램이 될 가능성이 있죠. 그래서 예능 PD는 뭐든지 많이 보고, 경험하는 게 중요합니다. 그게 다 나중에 새 프로그램을 기획할 자산이 됩니다.

호캉스를 좋아하고 즐기는 제 취향과 경험이 〈파자마 프렌즈〉가 된 것처럼, SKY TV에서 방송했던 게임 버라이어티 예능인 〈위플레이〉 역시 마찬가지였습니다. PC방에서 죽치던 '스타크래프트' 세대로서, 그 시절은 물론 지금까지도 모바일 게임이나 콘솔 게임을 즐깁니다. '내 앞에 갑자기 게임 세계가 펼쳐진다면? 내가 게임 속으로 들어간다면?' 하는 생각에서 〈위플레이〉 기획이 시작됐습니다. 요즘 세대들은 구경도 못했을 플로피디스크(!)를 갈아 끼며 게임 하던 시절, '어드벤처'형 게임의 서사에 푹 빠졌던 적이 있었습니다. 그때 게임들의 서사와 진행 방식을 생각하면서 '달걀의 저주'라는 〈위플레이〉의 엉뚱한 서사가 탄생했습니다. 그 시절, 그 당시의 기억들이 〈위플레이〉의 여러 디테일한 미장센과 장치들에 영향을 미쳤습니다. 자막 톤은 예전 8비트, 16비트 게임에서 나올 법한 클래식한 게임 스타일로 했고, 배경음악도 8비트 게임 음악들을 사용했습니다. 그래서 '게임스러움'을 더 강화하고자 했습니다.

뇌가 순수한 남자의 '뇌피셜'

예능 PD로서의 삶이 신기할 때는 몇몇 연예인들과 연락도 주고받고 때때로 어울려 지내는 사이가 될 때가 아니었을까. 내가 연예인들과 친한 사이가 될 줄 누가 알았겠는가. 그런데 결국 지내보면 다 비슷하다. 당연한 말이겠지만 보통 사람들보다 화려한 삶을 사는, 또는 그런 것 같은 연예인들도 다들 비슷한 삶을 살고 있다는 말이다. 그들도 우리 부부처럼 육아하고, 부모님께 효도하며 물가 걱정하면서 살아간다. 그들은 모두 '일하다 만난 사이'다.

연예인 김종민. 친한 연예인 중 한 명이라고 자신 있게 말할 수 있을 것 같다. 그 역시 '일하다' 만났다. 그런데 되게 늦게 만났다. 정말 왕성한 활동을 하는 연예인임에도 불구하고, 내가 SBS에 근무하던 시절에는 단

한 번도 만날 기회가 없었다. 공교롭게도 경쟁 프로그램 〈1박 2일〉의 고정 멤버였기 때문이다. 그래서 게스트로조차 만날 수 없었다. 결국 종민이를 만나게 된 건 퇴사하고 나서다. 그가 〈범인은 바로 너!〉의 멤버가 되면서, 처음 인간 김종민을 알게 되었다. 종민이는 참 순수하고 티 없는 친구다. 그리고 잘 모르는 게 많아서(?) 항상 궁금증이 많다. 범바너에서 만난 우리는 금방 친해졌다. 2018년 어느 날, 오랜만에 둘이 저녁을 함께했다. 여느 때처럼 이런저런 얘기를 즐겁게 하던 중 문득 생각이들었다. '다들 조금 어리바리한 걸로 알고 있는 이 친구가 여러 가지에 대해 두루두루 잘 알고 있네? 그리고 너무나도 자기 생각을 잘 얘기하고 있잖아?'

알고 보면 김종민은 '어리숙한 척 하는 천재'라는 소문도 있긴 했다. 그렇지만 그간 알아온 종민이는 역시 천재는 분명히 아니긴 했다. 그런데 같이 시간을 보내다 보니까 이 친구가 이것저것 관심도 많고, 생각도 꽤 깊었다. 순간 아이디어가 떠올랐다. 바로 종민이에게 말했다.

"종민아, 너 MC 안 해봤지?"

"예? 네. 안 해봤죠."

"너 MC 해볼래? 좋은 아이디어가 생각났어."

"예? 제… 제가요?"

그때 나에게 떠올랐던 아이디어는 '종민이가 누군가와 토론을 하면 어떨까? 분명한 자기 생각도 있고, 더구나 예능감도 넘치고. 바보라는 편견도 깨고, 재미있지 않을까?'였다. 이게 바로 숏폼 〈뇌피셜〉의 시작이었다. 때마침 나는 여러 숏폼 기획들을 생각 중이었다. 유튜브라는 세계에 한번 도전해보고 싶었기 때문이다. 그런데 마침 이런 좋은 기획이 생각난 거다.

기획안을 채널 쪽에 전달했고, 곧 〈김종민의 뇌피셜〉이 만들어졌다. A+E의 채널 중 하나인 히스토리 유튜브 채널에 방송을 시작하게 되었다. 연예대상까지 받아본 20년 넘은 예능 베테랑 종민이는 비록 숏폼 유튜브 콘텐츠이긴 했지만, 단독 MC를 맡은 게 처음이라 했다. 나 역시 첫 숏폼 도전이었다.

〈김종민의 뇌피셜〉은 금세 좋은 반응을 보였다. 가수 제시가 토론 상대로 출연한 첫 에피소드의 조회수가 폭발했다. 종민이는 생각보다 토론을, 아니 자기가 지지하는 입장을 그럴듯한 논리와 말도 안 되는 논리를 섞어가며 재미있게 잘 해냈다. 물론 토론하던 상대방들은 복장이 터졌지만. 때로는 더 바보 같은 모습으로, 때로는 번뜩이는 논리에 자신도 놀라기도 하면서 뇌피셜 토론 배틀을 이끌어갔다. 영혼의 단짝 코요태 메인 보컬 신지와 벌인 토론 배틀 '술은 친구일까? 원수일까?' 편도 화제였다. 전설의 연예계 주당으로 알려진 신지에 대한 궁금증 덕분인지 오랜 세월을 함께한 둘의 티격태격 케미 덕분인지 모르겠지만, 공개되고 나서 무려 100만 뷰를 돌파했다. 그 밖에도 화려한 게스트들이 빛내준 여러 〈뇌피셜〉 에피소드들이 높은 조회수를 기록했다. 간혹 '어어? 김종민 MC 잘하네?'라는 반응도 들렸었다. 물론 자신이 MC라고 윽박지르면서도 초대된 게스트에게 이내 MC 역할을 떠넘기는 희한한 MC이긴 했다.

내가 제작한 첫 숏폼 콘텐츠 〈김종민의 뇌피셜〉은 단기간 빠르게 10만을 넘어, 20만이 훌쩍 넘는 구독자까지 확보했다. 덕분에 유튜브에서 보내준 블링블링 '실버 버튼'도 획득했다.

내가 느낀 숏폼 콘텐츠의 세계

〈김종민의 뇌피셜〉로 치열한 유튜브 세계에 도전을 해봤습니다. 물론 보통 1인 제작 시스템이 일반적인 '숏폼'의 제작 환경과는 다르게 여건이 좋았습니다. 히스토리 채널에서 마케팅과 홍보 등을 비롯한 전격적인 서포트가 있었으며, 제작비도 일반적 숏폼과는 비교가 안 될 정도로 충분했죠. 게다가 김종민이 MC였고, 차태현, 하하, 김희철 등 화려한 연예인 게스트들이 함께했습니다. 그래도 그동안 해왔던 프로그램 세계와는 확실히 차이를 느꼈습니다.

유튜브 콘텐츠로 대표되는 숏폼 콘텐츠의 세계는 지상파 등 기존 레거시 미디어의 정형화된 콘텐츠에 지친 시청자들, 요즘 'MZ 세대'라 부르는 젊은 층이 특히나 많이 즐기고 있는 것 같습니다. 그래서 그런지 기존 지상파 프로그램들과 몇 가지 다른 점이 있었습니다.

보통의 방송 프로그램에 비해 이동 중 혹은 여가 시간에 틈틈이 즐길 수 있도록 하기 위해 콘텐츠 길이가 대부분 짧습니다. 모든 숏폼 콘텐츠가 다 그렇다고 일반화할 수는 없겠지만 대부분 15분 미만입니다. 그래서 '숏'폼이라고 하는 거겠죠? 전체적 길이가 짧아진 만큼 보통 방송 프로그램에 비해 그 호흡이 훨씬 빠릅니다. 소리를 켜지 않고 즐기는 시청자들도 많아서 자막도 굉장히 많습니다. 그러면서 그 많아지고 진화된 숏폼 자막들은 또 다른 숏폼 콘텐츠만의 트렌드가 되기도 했죠.

기획 면에 있어서 숏폼 예능 콘텐츠는 재미도 당연히 중요하지만, '개개인의 특이한 취향'이라는 키워드가 가장 중요한 것 같습니다. 내가 좋아하는 것, 좋아하는 사람, 앞으로 좋아해보려고 하는 것, 관심 있는 것들을 보기 위해 시청자들이 유튜브를 이용합니다. 동일한 주제에 대해 다루는 채널들이 너무 많기 때문에, 개인의 특이한 취향이 오히려 차별화된 숏폼 콘텐츠의 소재가 될 수 있다고 생각됩니다. 그렇다고 일부러 특이한 것을 찾을 필요는 없겠지만, 가능하면 신선한 소재를 찾아 그것을 재미있게 만들어 다루게 되면 슬슬 채널의 '팬'들이 모이기 시작하는 것 같습니다.

숏폼이라고 돈이 적게 들지 않습니다. 제작비 말이죠. 숏폼 콘텐츠 시장은 대부분 길게 보고 시작해야 하는 것 같습니다. '가랑비에 옷이 젖듯' 오래 가는 자가 살아남는 시장인 거죠. 그래서 유튜브 콘텐츠 제작은 무엇보다 '효율'이 중요합니다. 꾸준히 콘텐츠를 업로드하면서 어느 정도 오래 할 수 있을 여력이 있어야 하죠. 효율적인 제작비와 인력이 투입되면서 '어느 정도의 오랜 기간을 끌고 나갈 수 있느냐'가 숏폼 콘텐츠 제작의 중요한 유의점인 것 같습니다. 유튜브는 길게 봐야 되는 게임인 것 같아요.

코미디 트릴로지

SBS 퇴사 후 코미디는 더 이상 못할 줄 알았다. 그런데 우연한 기회로 코미디가 다시 내게 찾아왔다. 〈범인은 바로 너!〉란 큰 프로젝트를 넷플릭스에서 제작하고 있었기에 또 다른 넷플릭스 오리지널을 하려면 조금 작은 프로젝트가 낫지 않을까 하는 전략적인 생각이 있었다. 넷플릭스의 여러 예능 콘텐츠들을 살펴보던 중 '스탠드업 코미디'라는 장르가 눈에 들어왔다. 우리나라에서는 익숙하지 않은 장르인 1인 코미디쇼지만, 넷플릭스에는 세계 각국 여러 코미디언들의 수많은 스탠드업 코미디 콘텐츠가 있었다. 때마침 넷플릭스코리아에서도 유병재의 〈B의 농담〉이라는 코미디 스페셜을 런칭한 상황이었다.

'그래, 스탠드업 코미디를 기획해서 제안해볼까?'

일단 어느 코미디언이 생소하고도 어려운 장르인 스탠드업 코미디를 할 수 있을지 생각해봤다. 순간 떠오른 건 핫스타 박나래. 밑바닥부터 올라와 이제는 최고의 스타가 된 그녀야말로 실로 다양한 이야기를 가진 사람임이 분명했다. 또한 개인적 사교의 장이자 베일에 싸인, 미지의 장소 '나래 바'에서의 여러 재미있는 에피소드를 분명히 가지고 있을 터.

'나래 씨랑 스탠드업 코미디를 해보자.'

넷플릭스가 관심을 보였다. 나래 역시 마찬가지였다. 곧바로 우리는 기획에 돌입했다. 어떤 재미있고 끈적한 이야기를 할 수 있을까. 그렇게 만들어진 것이 넷플릭스 코미디 스페셜 〈박나래의 농염주의보〉다. '농염주의보'라는 제목처럼 농염한 그녀의 솔직한 남녀관계 이야기를 담았다. 수위는 회의를 거듭하며 자체 조절해나갔는데, 아무래도 그녀의 첫 단독 대형 쇼이기에 부담이 컸다. 과연 어디까지 얘기해도 되는 걸까. 그녀는 '은퇴를 각오로' 제대로 모든 얘기를 풀겠다, 플랫폼이 넷플릭스니까 조금 더 진해도 될 것 같다 했지만 그래도 워워. 한 발짝만 양보하자 했다. 앞으로도 계속 활동해야 되니까.

그녀의 다이나믹한 실제 경험을 바탕으로 대본을 만들어나갔다. 회의를 하면서 재미있는 얘기들이 쏟아져 나왔다. 같이 일하면서 느낀 박나래는 정말 완벽주의자다. 바쁜 스케줄을 소화하면서도 꾸준히 회의를 했고, 그러면서 재미있는 이야기를 쏟아냈다. 어떤 이야기가 더 재미있는지 또 끊임없이 확인하곤 했다. 대본이 어느 정도 완성된 후에는 본인 소속사 소극장에서 지인들을 불러놓고 공연 리허설만 두 번을 진행했다. 그녀가 쏟아낸 에피소드는 초반에 대본이 무려 20장에 달할 정도였다. 1시간 정도의 스탠드업 코미디쇼는 대본 분량이 10장 정도면 충분하다. 이미 초반에 무려 두 배 이상의 이야기가 넘치고 넘친 거다. 그만큼 나래도, 우리도 흔치 않게 잡은 이 기회를 잘 살리고 싶었다.

대본이 완성된 건 공연 녹화 1주일 전쯤이었던 것 같다. 그렇게 직전까지 수정에 수정을 거듭했다. 〈박나래의 농염주의보〉 서울 2회 공연을 시작으로, 잘되면 '나래유랑단'이 되어 전국 투어도 가보자 했다. 넷플릭스용 녹화는 첫 서울 공연에서 이루어졌다. 용산에 위치한 블루스퀘어에서 진행되었는데, 1500석의 서울 2회 공연은 예매 개시 5분 만에 '완판'되었다. 그녀에 대한 대중의 뜨거운 관심과 열광을 확인한 순간이었다.

대망의 공연 날이자 녹화 날, 공연도 녹화도 순조롭게 이루어졌다. 공연장을 꽉 채운 관객들의 뜨거운 환호, 웃음과 함께 성공리에 끝났다. 성공적이었던 서울 공연이 발판이 되어, 〈박나래의 농염주의보〉 후반 작업이 이루어지는 동안에 우리는 전국 투어에 돌입했다. 성남, 대구, 전주, 부산. 가는 곳마다 매진 사례였다. 농염주의보 '나래유랑단'이 된 우리는 전국을 돌며 코미디가 아직 살아 있고 또 우리에게 필요하다는 것을 제대로 깨닫게 되었다. 서울 공연 녹화 이후 몇 달이 흘러 드디어 〈박나래의 농염주의보〉가 넷플릭스에 공개되었다. 반응은 역시 뜨거웠고, 그해 한국의 넷플릭스 오리지널 TOP 5에 오르는 기록을 세우기도 했다.

농염주의보가 어느 정도 반응을 얻자 넷플릭스에서 코미디를 좀 더 해보자고 했다. 또 다른 재주꾼은 누가 있을까. 박나래 다음 타자는 나와 〈위플레이〉를 함께했던 만능 재주꾼 이수근이었다. 나의 두 번째 넷플릭스 코미디 〈이수근의 눈치코치〉.

수근이 형과 얘기 나누던 중 형이 '어렸을 때 하도 눈치를 보느라 자신의 어릴 적 사진은 눈이 다 사시처럼 돼있다'고 한 말이 떠올랐다. 이 얘기를 꺼내자마자 자신의 방송 생활도 눈치의 연속이었다며 관련한 에피소드를 너무 재미있게 이야기해주었다. 거기서 착안된 코미디 〈이수근의 눈치코치〉가 만들어졌다. 다만 코로나19 상황이 심각할 때 진행되어서 지금도 아쉬움이 남는다. 현장 애드리브가 특히 강한 사람이 이수근인데, 그도 단 20명의, 마스크로 무장한 관객들 앞에서는 아무래도 맥이 빠졌을 거다. 힘들었을 텐데도 최선을 다해 쇼를 마무리했던 게 인상적이었다.

넷플릭스 코미디 트릴로지 대망의 세 번째 타자는 한 명이 아닌 여러 명이다. 바로 셀럽파이브. 송은이, 김신영, 신봉선, 안영미가 그들이다. 이들과도 역시 처음에는 스탠드업 코미디쇼를 준비했었다. 그러나 시간이 흘러도 코로나19 상황은 해결될 기미가 보이지 않았고, 관객 없이 녹화하는 스탠드업 코미디쇼는 의미가 없을 것 같았다. 그래서 상의 끝에 기획 방향을 변경했다. 회의하는 그 자체를 담아보기로 한 거다.

"우리 재미있는 이야기는 다 회의하면서 나오는 거잖아? 그러니까 아예 이 회의하는 걸로 코미디쇼를 만드는 게 어때?"

셀럽파이브의 수장 은이 누나의 제안에 우리는 모두 동의했고, 그렇게 〈셀럽은 회의 중〉이 시작되었다.

셀럽파이브의 코미디쇼는 혼자 하는 스탠드업이 아니었기 때문에, 개성 강한 네 명의 이야기를 어떻게 조화롭게 분배할지가 관건이었다. 회의 때마다 '어떻게 조화롭게 이야기를 구성할 것인가'에 가장 초점을 두고 진행했는데, 페이크 다큐멘터리 형식으로 찍기로 결정하고 나니 그 고민이 한 방에 해결되었다. 그저 자연스러운 우리의 회의 모습을 잘 담기만 하면 되었기 때문이다. 다만 관객들을 모시고 하는 쇼 형식이 아닌 촬영물이 되었기 때문에, 이야기의 논리적 흐름이 필요했다. 그래서 생각해낸 것이 '코미디쇼를 준비하는 과정을 타임라인에 따라 담아보는 것'이었다. 셀럽파이브 코미디쇼를 하는 날(디데이)을 위해 바쁜 스케줄 와중에 틈틈이 준비하는 셀럽파이브의 평소와 같은 리얼한 회의 과정을 담은 코미디물이 완성되었다. 반응은 좋았다. 넷플릭스 영화 파트(단편물인 관계로 영화 파트로 분류되었다) 일간 1위를 기록하기도 했고, 2022년 처음으로 신설된 '청룡 시리즈 어워즈'에서 셀럽파이브가 〈셀럽은 회의 중〉으로 여자 예능인상을 수상했다. 대중에게 아직 코미디가 경쟁력 있는 예능 장르라는 것을 다시금 조금이나마 확인시켜준 것 같았다.

〈농염주의보〉부터 〈눈치코치〉, 〈셀럽은 회의 중〉까지. 나의 코미디 라이프가 넷플릭스를 통해 펼쳐졌다. 코미디는 수많은 예능 PD들이 하고 싶어 하는 장르이지만 생각보다 기회가 잘 오지 않는다. 더욱이 요즘은 예전에 비해 코미디 프로그램들이 많이 사라졌다. 현실이 더욱 코미디라서 그런 걸까? 기존에 많은 코미디에서 소재로 다루던 것들에 대해 사회적인 시선이 변화하기도 했다. 이는 코미디언들이 코미디 소재를 선택하는 데 많은 어려움을 주고 있다. 그렇지만 사회가 변하는 것은 거스를 수가 없다. 당연히 그 변화하는 방향성에 반해서도 안될 것이다. 결국 누군가를 불편하게 만들면서 웃음을 준다면 그것은 분명 잘못된 웃음이다. 그래도 다시 코미디의 전성시대가 돌아올 거라는 믿음이 있다. 지금의 코미디의 위기는 코미디언들과 코미디를 만드는 예능 PD와 작가들이 '불편하지 않은 웃음'이라는 새로운 길을 찾아 돌파해내야 한다.

여유로운 방송국의 추억

대학 시절, 공대생이었던 내가 방송국에서 일을 할 것이라는 생각은 거의 해보지 않았던 것 같다. 설령 막연히 하고 싶었던 수많은 일 리스트 중 하나였을 수는 있겠다. 아무리 그래도 전자공학을 전공하고 있던 내가 방송국 PD? 방송 기술직이라면 현실적이었을 수도 있다. 하지만 PD 그것은 뭔가 비현실적인 진로였다. 대학 시절 나의 현실적인 취업 목표는 외국계 기업에 입사하는 것이었다. 외국계 기업에서 일하면 외국으로 나가서 일하는 기회가 쉽게 생길 것만 같았다. 그리고 왠지 외국에서 일하면서 사는 게 굉장히 멋있게 느껴졌다. 또 국내 기업들보다는 덜 딱딱하면서 좀 더 근무 분위기가 자유롭고 유연하다고 알려진 점도 매력적으로 느껴졌다. 여러 외국계 기업들 중 내 마음속에 있던 건 IBM이란 곳이었다.

IBM의 로고인 '빅 블루'는 나의 가슴을 뛰게 하는 웅장함이 있었다.

'그래, 저기에 꼭 입사해야겠어.'

군을 제대하고 학교에 복학했다. 나는 자연스럽게 외국계 기업을 목표로 하는 친구들과 어울리기 시작했다. 동시에 취업이란 목표를 위해 그동안 심하게 망가져 있던 학점 수리 작전을 수행했다. 바쁘게 학점을 수리하고 있던 3학년 여름 즈음. 여의도 MBC 교양국에서 작가로 일하고 있던 동아리 선배 누나의 연락을 받았다.

"너 아르바이트 좀 해라."

"뭔데?"

"외국인들 길거리 인터뷰하는 건데. 어려운 거 아니야. 촬영 때 도와주고 나중에 방송국에 와서 번역해주면 돼."

"아 그래? 근데 그거 전문적으로 하는 사람들 있지 않아?"

"응, 있긴 한데 그냥 네가 좀 해. 그쪽은 비싸니까."

대학생 시절 아르바이트로는 주로 학생들을 가르치는 과외를 했다. 그리고 가끔 주한 미군 가족들의 주말여행 가이드를 병행했다. 나보다 먼저 카투사로 군을 전역한과 선배가 소개해준 여행 가이드. 그 외에는 특별한 아르바이트 경험은 없었다. 그런데 갑자기 방송국 아르바이트라니.

'뭐 일단 해볼까. 어려운 건 아니라니까.'

촬영 장소는 이태원이었다. 가끔 큰 옷들 사러 오긴 했었는데 어떤 촬영을 하는 건지 궁금했다. 잠시 후 저 멀리 카메라와 스태프들이 보였다.

"지금부터 길거리 인터뷰 진행할 거니까요, 통역해주세요."

나의 첫 방송 아르바이트는 지나가는 외국인들의 길거리 인터뷰를 통역하는 것이었다. 다행히 질문들이 그리 어렵지는 않았다. '싼 맛'에 동원된 알바는 수월하게 진행되었다. 그 알바의 역할은 인터뷰 통역 이후 방송국에 가서 그날 찍은 인터뷰 촬영 테이프를 돌려 보며 번역을 해 넘겨주는 것까지였다. 그렇게 며칠 후 내 인생 처음으로 방송국이란 곳에 첫 발을 들이게 되었다.

아르바이트 때문이었지만 어쨌든 인생 첫 방송국 입성이었다. 몇 년 전 친구들과 '방청 알바'로 한 케이블 방송국 스튜디오에 가보긴 했었지만, 진짜 방송국 사람들이 일하는 공간에 가는 것은 처음이었다. 어느 누구나 한 번쯤은 방송국 구경을 하고 싶어 하지 않을까? 방송국이라는 곳은 이상하게 설레는, 왠지 모를 기대감을 갖게 하는 곳 같다. 지나가다 TV에서 보던 연예인 한두 명쯤은 만날 것 같은 기대감일 수도 있겠다.

버스를 타고 한국 방송의 메카 여의도에 도착했다. 지금은 없어진, 방송에서만 보던 여의도 MBC 본사로 당당히 들어갔다.

'진짜 여기 들어가면 연예인들도 막 있고 그런가?'

신분증을 맡기니 방문증을 주었다. 엘리베이터에 올라탔다. 내가 내린 곳은 4층 편집실 구역. 만나기로 한 작가 분이 계셨다.

'여기가 편집실인가 보구나. 골방 같네.'

아무도 없는 빈 편집실 한 곳에 같이 들어갔다. 속성으로 편집기 다루는 법과 작업을 완료하면 어떻게 정리하면 되는지 알려주었다. 듣고 나니 어려운 일은 아니었다. 촬영 테이프들을 돌려 보며 열심히 번역해서 문서화한 후 넘겨주면 끝이었다. 오전에 시작한 내 알바는 금세 점심시간을 넘기고 있었다. 그런데 이상하게도, 그 시간이 될 때까지 이 편집실 구역에는 사람들이 별로 보이지 않았다.

'다들 아직 출근을 안 한 건가? 다들 다른 데서 일하고 있나?'

오후 무렵 그날의 번역 물량을 거의 완료해가는 중이었다. 그제서야 사람들이 하나둘씩 나타나기 시작했다. 밖은 웅성웅성해졌고, 내 옆방에서는 각종 소리가 들리기 시작했다.

'편집은 다들 오후쯤부터 시작하는 건가…'

다음 날 오전에도 알바를 갔다. 그곳 풍경은 어제와 같았다. 점심시간이 훌쩍 지나고 나서야 사람들이 슬슬 나타났다. 순간 이런 생각이 들기 시작했다.

'뭐지? 여기 생각보다 널널한 덴가? 다들 좀 설렁설렁 일하는 것 같기도 하고.'

분명 방송국 일 힘들다고 했는데. 소문만큼 힘들지 않아 보였다. 이렇게 유연한 근무환경이라니. 오전은 그냥 버리는, 나처럼 아침잠 많은 사람들에게 인기 많을 느낌.

이날의 기억은 나도 모르게 방송국에 대한 도전의 꿈을 키웠다. 나란 녀석은 아침잠이 워낙 많았던 인간이라 아침 수업은 무조건 다 빼고, 아침이 '삭제'된 일상을 살고 있었다. 심지어 '나중에 취업해서 아침 출근을 제때 못해서 잘리면 어떡하지?' 하는 걱정을 달고 살 정도였다. 나는 그 정도로 게을렀고, 방송국은 어쩌면 내 심각한 아침잠 병에 대한 해결책처럼 느껴졌었다. 나중에 알게 된 사실이지만, 물론 나의 오판이었다.

출퇴근이 자유로운 방송국 PD?

매주 방송되는 프로그램을 제작 중인 예능 PD들은 늦게 퇴근하는 게 일상입니다. 아~주 늦게요. 그러다 보니 다음 날 늦게 출근하게 되는 악순환이 반복되죠. 늦게까지 편집 작업을 하다 새벽 별을 보며 퇴근하는 게 일상이다 보니, 이른 아침 출근은 너무나도 어렵죠. 그래도 촬영 같은 빠질 수 없는 일정이 일찍 있다면 무조건 일찍 나와야죠. 그래서 PD는 늘 잠이 모자라요!

예능 PD들의 일주일 루틴은 일반적인 회사원과는 전혀 다릅니다. 출근 시간이 타이트하지 않은 건 맞지만, 보통 낮일과 시간에는 여러 미팅 및 회의를 하기 때문에 편집 작업은 주로 오후부터 밤 늦게까지 이루어집니다. 하루는 그렇고, 매일매일의 스케줄은 좀 달라요. 그건 자기가 속해 있거나 자기가 연출하는 프로그램의 제작 스케줄에 달렸죠. 소속된 프로그램이 나의 일주일 스케줄을 결정하게 됩니다. PD의 일상은 프로그램 제작 스케줄에 따라 움직입니다.

예를 들어 현재 일요일 방송 프로그램을 제작 중이라면, 보통 주초에는 촬영을 하게 됩니다. 주초인 월요일 또는 화요일에 하루 종일 촬영을 하고 나면, 이후 수요일부터 금요일까지는 그 다음 주에 있을 촬영에 대한 회의 및 촬영 준비를 해야 합니다. 그래서 틈나는 사이사이에, 심지어 방송 날인 일요일까지도 열심히 편집을 완료해야 사고 없이 방송을 잘 낼 수 있습니다. 쉽게 말해 버라이어티 PD의 한 주는 '월화수목금금금'입니다. 주말이란 없어요. 잊어요…

〈런닝맨〉을 제작할 때 딱 그랬습니다. 월요일 또는 화요일에 촬영, 수요일은 그 주 방송분 시사 및 회의, 목요일은 회의하고 편집, 금요일도 회의하고 편집, 토요일 및 일요일은 촬영 준비하고 편집 마무리, 그리고 방송 완성본을 만드는 종합 편집 과정. 그야말로 매주가 강행군 스케줄입니다. 1년 52주, 52회분의 방송을 만들었죠. 그것도 무려 3년 반을 넘게 그렇게 살았습니다. 그래서 새벽 별 보며 늦게 퇴근하는 건 전혀 낯선 일이 아닙니다. 일찍 출근하기 싫어서가 아니라 일찍 출근하는 게 불가능한 삶의 패턴입니다.

…그래도 재미있으니까?!

아침 잠 많은 자의 고민 타파

향후의 진로를 결정해야 하는 대학교 4학년이 되었다. 개강 후 며칠이 지나자마자 학교는 곧 여러 기업의 신입 사원 모집 부스들로 분주해졌다.

'그래, 일단 S전자는 무조건 지원해야지.'

전자공학도라면 누구나 입사하고 싶은 1순위 기업. 굴지의 대기업이자 부모님들의 선호도 톱 회사인 그곳. 오직 문제는 어느 직군에 지원하는 게 좋을지였다. 복학 후 나는 다행히 지원이 가능한 학점은 만들었다. (L모 전자는 지원 가능 학점에 모자랐다.) 누가 봐도 그저 그런 평균의 학점이긴 했지만, 지원은 가능했다.

사실 전자공학이란 전공 공부를 잘하지도 못했고, 크게 흥미를 느끼지도 못했었다. 그러다 보니 연구나 기술 직군으로는 지원하고 싶지 않았다. 입사 후에도 흥미가 별로 없는 분야를 계속 업으로 삼으며 세월을 보낼 수는 없었기 때문이었다. 고민 끝에 나는 해외 마케팅 직군으로 지원했다. 왠지 해외도 막 돌아다닐 수 있을 것 같고, 전공도 나름 살리고 써먹을 수 있을 것 같았다. 또한 카투사 시절 쌓은 전투 영어(?) 실력으로 공대생 치고 조금 영어를 잘한다는 호기도 있었다. 그렇게 마케팅의 마 자도 모르던 나는 S전자 해외마케팅 부문에 지원했다. 생애 처음 써보는 입사 지원서였다. 얼마 후 시험과 면접을 치렀다. 한 달 정도 걸렸을까? 결과는 합격이었다.

'와, 아직 4월도 안 됐는데. 붙었다! 합격이라니!'

예상대로 부모님은 크게 기뻐하셨다. 아직 입사까지는 거의 1년이나 남은 상태였다. 그래도 벌써 갈 수 있는 한 곳이 정해진 셈이니 보험에 가입한 것처럼 마음이 편안해졌다. 다른 관심 있던 곳들도 큰 부담 없이 기웃거릴 수 있게 되었다. 현실적인 목표로 삼았던 외국계 IT기업들, 여타 다른 흥미로워 보이는 회사들에도 지원해보기로 했다. 신나게 이곳저곳에 입사 지원서를 날리며 4학년 봄을 보내고 있었다. 그러던 와중 캠퍼스를 거닐던 내 눈에 한 현수막이 눈에 띄었다.

"취업특강 - 방송국 PD 되기"

방송국 아르바이트 시절 평화로웠던 MBC 편집실 구역의 아침 풍경에 대한 기억이 아직 강렬하게 남아 있었다. 내 눈에 유연해 보였던 근무 환경은 '아침 출근 걱정러'였던 나에게 출퇴근의 자유를 허해주는 이상향 중 한 곳 같았다. 더구나 방송국 PD 일이라니, 무지 재미있어 보이긴 했다. 평소 보기도 힘들 연예인들과 즐겁게 웃고 떠들며 같이 일하는 것. 음 괜찮다.

며칠 후 특강 날이 되었다. 강당은 모인 학생들로 가득했다. PD 취업특강에 오셨던 분은 현재는 아주대학교 교수로 계시고 그 당시에는 이화여대 신문방송학과 교수셨던 '원조 스타 PD' 주철환 선배님이었다. 〈퀴즈아카데미〉, 〈우정의 무대〉, 〈일요일 일요일 밤에〉 등으로 유명하셨던 MBC 예능 스타 PD 출신.

같이 갈 사람이 딱히 없어 혼자 갔던 나는 멀리 뒤편에 앉았다. 잠시 후 마이크로 전해 오는 주철환 선배의 특강을 경청하기 시작했다. 특강은 의미 있는 시간이었다. 그저 어렴풋이 'PD, 출근도 늦게 해도 되고 일도 재밌겠다.'라고만 생각 중이던 나에게 어느 정도 현실적 깨달음을 준 시간이 되었으니까. 그 특강 말미에 주철환 선배가 이런 말을 덧붙이셨다.

"방송국 필기시험은 나도 어떻게 도와줄 수 없는 부분이에요. 그러니까 잘들 준비해서 꼭 통과하길 바라요. 만일 운 좋게 필기시험을 통과한 후배 분들이 있으면 주저하지 말고 꼭 나를 찾아오세요. 이후 면접 준비에 내가 도움 될 만한 것들을 기꺼이 잘 도와줄 테니."

운칠기삼 언론고시

요즘도 마찬가지지만, 대부분의 방송국 필기시험은 '언론고시'라 불릴 정도로 난도가 높은 시험으로 유명했다. 평소 뉴스와 신문을 가까이해야 했고, 잡학다식해야 했다. 또한 글도 잘 써야 했으며, 프로그램 기획에 대한 아이디어도 넘쳐야 능히 통과 가능하다는 '극악' 난도의 시험이었다. 그럼에도 불구하고 매번 PD 입사 경쟁률은 매우 치열했고, 그 필기 평가단계에서 많은 지원자들이 탈락하곤 했다.

'필기시험이라…'

무작정 학교 앞 서점으로 향했다. 엄두가 나지 않는 두꺼운 책들 옆으로 최신 시사 상식들을 정리해 문제집 형태로 출간한 얇은 책들이 눈에 들어왔다. 만만해 보이는 얇은 책을 구입하고, 나 혼자 '언론고시' 스터디를 시작했다. 당시만 해도 공대생이 언론 방송사 준비를 한다는 게 흔치 않아서, 여러 언론고시 스터디 그룹에서 끼워 줄 리도 만무했다. 그래서 그냥 혼자 해보기로 했다. 첫 목표는 6월에 가장 처음으로 신입사원을 모집하는 SBS. 당시는 방송 3사 SBS-MBC-KBS 순으로 신입사원을 뽑는 게 '국룰'이었다. 지금 시대야 방송 일을 위한 다양한 일자리가 존재하지만 그땐 PD가 되려면 상반기의 SBS 채용을 시작으로 하반기 MBC, KBS에 도전하는 식이었다. 밑져야 본전. SBS 준비부터 시작했다.

2003년 SBS 신입사원 공채전형의 일정은 서류전형 – 필기시험 – 1차 면접 – 합숙평가(2박3일) – 최종면접 순의 5단계였다. 역시 전공은 크게 문제가 되지 않는 듯 서류전형을 통과했다. 하지만 문제는 필기시험. 방송사 필기시험은 일반 상식, 작문과 PD직에만 있는 시험인 기획안 시험 총 3가지 과목이었다. 쏜살같이 한 달여가 지나고 다가온 대망의 필기시험일. 서울 시내 모 고등학교에서 치러졌다.

1교시 일반 상식, 2교시 작문을 지나 마지막 3교시는 실무능력평가. 오직 PD직군만 보는 기획안 시험이었다.

PD의 기획안이란 무엇일까? PD는 방송 프로그램을 만
드는 사람이다. 즉, PD의 기획안이란 곧 프로그램 기획
안이다. 이 문제는 지금도 확실히 기억이 난다. 당시 출
제 문제는 이랬다.

'제시된 50개 정도의 표현과 낱말들 중 10~20개를
자신이 임의로 선택하여 프로그램을 기획하시오.'

제시된 50개 정도의 표현과 낱말들은 '동해 일출', '석
양', '솜사탕을 먹는 꼬마 아이들', '벤치에 앉아 있는 노
부부' 같은 우리 일상에서 흔히 볼 수 있는 평화롭고 여
유로운 풍경들과 가까운 낱말들. 이 중 10개에서 20개
사이를 사용해서 어떤 프로그램을 기획할 수 있을까?

잠시 고민하다 써 내려갔던 나의 기획안은 이러했다.
한마디로 '데일리 명상-힐링 프로그램'. 보기로 주어진
단어들은 평화롭고, 일상적이며, 여유롭고, '힐링'이라는
단어가 떠오르는 것들이라고 느껴졌다. 그래서 생각난
아이디어는 매일 일정 시간의 TV를 보는 것만으로도 고
단했던 하루를 약간이나마 치유하는 시간을 만들어주면
어떨까 하는 것이었다. 의학에서도 시청각 자료 등을 통
한 치료법이 있다고 들었다. 그래서 약 15~20분 정도로

매일 퇴근 시간쯤 방송되는 데일리 명상-치유 프로그램, 'Meditation TV'라는 기획안을 작성했다. 이 프로그램에 사용될 명상과 치유를 위한 영상 재료들은 보기에 있는 단어들이 제시하는 풍경과 모습으로 구성하고, 거기에 마음을 편안하게 하는 뇌파 음악을 얹어서 실제적으로도 치유의 효과를 도모하고자 했다. 프로그램의 편성 시간은 매일 저녁 6시 45분쯤으로 했다. 7시부터는 저녁도 먹고, 재미있는 것도 보고 뉴스도 봐야 되니까. MC는 누구로 했었는지, 성우를 통한 내레이션이었는지 디테일들은 잘 기억이 안난다…. 다른 지원자들은 당시 어떤 기획안을 썼을까? 문득 궁금해진다.

마침 아는 친구 중 하나가 아나운서 시험에 응시했었는데, 3교시는 PD직군만 해당이라 그 친구는 밖에서 기다리는 중이었다.

'대충 다 쓴 것 같은데 더 이상 잡고 있어봤자지. 나가서 친구랑 밥이나 먹어야겠다.'

결국 답안지를 1등으로 내고 나왔다. 역시나 감독관 눈치가 별로였다. 분명 회사 PD 선배였을 건데. 시험 시간이 1시간 반인데 30분 만에 나갔으니 되게 한심해 보였을 거다. 밖에서 기다리던 내 친구도 '네가 그럼 그렇지' 하는 눈치였다. 이젠 운을 믿는 수밖엔 없었다.

어떤 프로그램 기획안이 좋은 기획안일까요?

아무래도 PD는 문서 작업과는 거리가 멀 것 같죠. 사실 그렇기도 합니다. 가장 많이 작성하는 문서는 아마도 조연출 시절 머리를 아프게 하는 제작비 청구서, 그리고 무엇보다 프로그램 기획안일 겁니다.

과연 어떤 프로그램 기획안이 좋은 기획안일까요? 제가 제시하는 조건은 꼭 모든 경우에 맞지는 않을 것 같아요. 왜냐하면 요즘이야말로 너무나도 다양한 형태의 콘텐츠가 존재하기 때문이죠. 그래서 일반적인 '방송 프로그램' 기준으로 말씀드리겠습니다. 즉, 기획된 프로그램이 많은 대중을 대상으로 하면서 저예산이 아닌, 어느 정도 규모가 있는 경우를 한정해서 얘기해보겠습니다.

첫째, 프로그램 기획안에 그 프로그램의 콘셉트가 명료하게 담겨 있을 것.

프로그램을 기획한 의도인 '기획 의도'가 명확한 한 줄로 정리될 수 있어야 합니다. 프로그램 기획에서 이게 가장 중요합니다. 그 한 줄에 내가 하고 싶은 프로그램이 거의 다 설명이 되어야 해요. '내가 하고자 하는 프로그램이 어떤 프로그램인지를 가능한 한 짧고 명확하게 설명할 수 있을 것'이 좋은 프로그램 기획안의 첫 번째 조건이라고 생각합니다.

둘째, 기획안에 현실 감각이 들어 있을 것.

이것은 많은 것을 포함합니다. 출연자 캐스팅부터 총 제작비, 분량, 회차, 촬영의 형태, 편성-제작 시간 등 프로그램에 필요한 모든 구성 요소들이 '현실적'이어야 한다는 것이죠. 특히 총 제작비의 경우, 현실적으로 어느 정도 투입이 되어야 만족할 만한 아웃풋이 나올지 예측하는 것이 굉장히 중요합니다. 현실적인 제작비의 범위 안에서 프로그램이 기획되어야 하는 것은 당연한 일입니다. 만약 기획한 프로그램의 예산이 아무래도 커서 제작비 충당이 어려울 것 같다면, 어떠한 대안 방법-스폰서십, 협찬, 판매 계약, PPL 등-으로 그 부족분을 채울 수 있겠는지 예측하고, 때로는 제시하는 것도 PD의 또 다른 능력이라고 할 수 있습니다.

셋째, 어느 플랫폼인지 고려할 것.

요즘처럼 시청 패턴이 정말 다양한 환경에서는 내가 만들고 싶은 프로그램이 어떤 플랫폼에 맞을지 생각하고 기획하는 것이 무엇보다 중요합니다. 예를 들어 OTT에 방송하고 싶은 프로그램의 기획이라면 전통적인 편성 시간 같은 개념은 무의미하죠. 이 경우는 해당 OTT의 특성을 파악하는 게 가장 중요합니다. 그 OTT가 특히 어떤 연령층, 어떤 타깃에 주력하는지가 가장 중요하죠. 그리고 보통 OTT는 시즌제 제작이 일반적이기 때문에 후속 시즌에 대한 고려가 반영된 기획안이 되어야 할 겁니다. 하지만 지상파, 종편, 케이블 등 아직 편성 시간에 의해 프로그램이 움직이는 플랫폼을 염두에 둔 기획이라면 타깃 외에도 좀 더 많은 고려 요인들이 추가됩니다. 같은 시간대 경쟁 프로그램 상황 파악 같은 요소가 있고, 그 프로그램들에 누가 출연하고 있는지도 파악해야 되죠. 보통 같은 시간대에 겹치기 출연을 하지 않는 것이 '관례'이니까요.

행운의 번호와 행운의 은인

살다 보면 많은 일들이 설사 최선을 다하더라도 내 뜻대로 되기도, 안 되기도 한다. 간절히 원하는 일일지라도 그 결과는 미리 알 수가 없는 게 당연한 인간사일 테다. 무언가 간절히 원할 땐, 으레 사소한 것들에 의미를 부여하거나 기대곤 한다. 아침에 본 까치 때문에 운이 좋을 것이라든지, 어제 꿈자리가 좋았다든지.

SBS에 응시했을 때 받은 나의 접수 번호는 30693이었다. 3의 배수로만 되어 있던 숫자. 느낌 좋다고 생각했다. 행운의 번호인 것 같았다. 아니 그렇게 굳게 믿었다. SBS 필기시험 결과 발표 날, 이전 단계보다 확연히 줄어든 지원자들의 숫자 속에서 내 행운의 번호가 빛나고 있었다!

'30693'

이게 웬일. 난관 중의 난관 필기시험을 통과했다. 이내 머릿속이 복잡해졌다. 다음 단계는 1차 면접과 합숙평가, 그리고 최종면접. 아직 갈 길은 멀다. 사실 S를 떨어져도 다른 S가 있기는 했지만 운이든 뭐든 어떻게 붙은 필기시험인데, 끝까지 가보기로 했다. 일단 면접에 대한 정보가 필요했다.

'아! 특강!'

학기 초 특강. 만약 필기시험을 붙는다면 주저하지 말고 찾아오라고 하셨던 그 주철환 선배가 딱 생각났다. 바로 찾아가야 했다. 이후 며칠간 여기저기 수소문을 해 주철환 선배의 연락처를 '겟'했다.

"아 붙었어? 그랬구나! 축하해. 마침 다른 애들도 오기로 했으니까 ○○일날 내 교수실로 찾아와."

다른 애들이라니? 나처럼 필기시험을 통과한 다른 경쟁자들도 벌써 연락을 한 모양이다. 역시 다들 민첩했다. 약속한 날이 되고 주철환 선배가 교수로 계시던 이화여대의 교수실로 찾아갔다. 도착했더니 정말로 나 말고도 3명이 더 와 있었다. 어색한 분위기 속에 간단히 통성명을 했다. 공교롭게도 같은 학교 친구가 둘 있었다.

"인사들 했지? 일단 축하하고…"

우리는 주철환 선배에게 면접과 합숙평가에 대한 조언을 듣기 시작했다. 면접 때 예상되는 질문들에 대한 올바른 대답, 그리고 PD 지망자들에게만 해당하는 프로그램에 대한 PD적 시선, 그리고 프로그램 기획안과 관련한 조언들이었다. 무엇보다 어떤 후배를 뽑고 싶어 하는지 세세하게 알려주셨고 당시 정말 흥미롭게 들었다.

지금은 없어진 여의도 SBS 본사 건물에서 치러진 1차 면접. 주철환 선배의 조언 덕분인지 1차 면접도 통과였다. 이후 '30693'의 운발은 계속됐다. 2박 3일간의 합숙평가, 최종면접까지 얼떨결에 쭉 달렸다. 마치 불나방처럼 뛰어들었던 방송 PD 시험. 어느덧 두 달여에 걸친 모든 전형 끝에 이제 남은 건 마지막 결과였다. 밑져야 본전이라는 마음으로 임하긴 했지만, 이렇게 된 이상 욕심이 안 나려야 안 날 수가 없었다.

내 소식을 들은 과 후배들은 이미 술렁이고 있었다. 전자공학 전공자가 생뚱맞게 방송 PD라니. 그것도 최종까지 갔다면서. 며칠 뒤 최종 합격 발표일이 되었다. 때는 2003년 6월의 마지막 날 무렵이었다.

'30693 김주형'.

행운의 번호, 합격이다. 공돌이, 전자공학도가 지상파 방송국 공채 PD가 되었다. 더 놀라운 사실은, 주철환 선배를 만났던 네 명 모두가 합격했다는 것이다. 그 시간은 우리에게 매우 알찬 시간이었던 것이다! 합격 발표 당일, 넷 중 한 명인 학교 후배 중권이와 이공대 캠퍼스 정문 앞에서 서로 손을 붙잡고 뛰면서 소리를 질렀다.

합격한 우리는 SBS 공채 11기였다. 10월 1일이 정식 입사일이었지만, 8월에 예비소집이 있었다. 무더운 8월의 한 토요일에 SBS 탄현제작센터에 다 모였다. 인사팀 분들이 나와 있었다. 간단하게 입사와 관련해 이런저런 정보들을 전달받고, 질문하는 시간을 가졌다. 이어서 우리는 갑자기 편을 나눠서 축구를 했다. 나중에 알고 보니 그날이 바로 MBC 필기시험 날이었다는 사실. 인사팀이 중복 지원을 방지하기 위한 방편으로 예비소집을 한 것이었다.

방송국 면접, 어떻게 준비해야 할까?

면접은 들어가고 싶은 회사가 있다면 어디든 겪어야 하는 필수 코스죠. 저도 취업 준비를 할 때 면접을 여러 번 경험해봤습니다. 그리고 나중에는 후배들을 뽑는 면접도 해봤죠. 제 경험에 비추어보면, 방송국 면접이라고 해서 결국 다른 회사들 면접과 크게 다르지는 않은 것 같아요. 면접이란 단계는 이미 서류나 필기시험 등을 통과해 걸러진 지원자들이 모인 단계라서, 대체로 능력적 차이를 크게 구분하는 단계는 아닐 겁니다. 그래서 '같이 일하고 싶은 사람은 이 중 누굴까' 하는 것에 더욱 포인트가 있는 것 같아요.

그러면 어떻게 준비하는 게 맞을까요? 목표로 한 회사의 구성원들 성향을 어떤 식으로라도 잘 파악하는 게 가장 좋은 준비 같아요. 예를 들면 튀는 사람들이 많이 모여 있어 개성이 강한 사람을 선호할 수도, 대다수가 차분한 사람들이 모여 있어서 튀는 사람을 그리 좋아하지 않을 수도 있겠죠.

또 한 가지는 그 채용 시기 사회적 트렌드인 것 같습니다. 기본적으로 방송은 '국내'를 상대하는, 영어로 표현하면 'domestic'한 직업입니다. 그런데 제가 입사할 당시 즈음엔 영어에 관한 질문을 굉장히 많이 받았어요. '카투사로 복무했는데 그러면 기본적인 영어 회화는 가능한가?' 같은. 합숙 평가 때도 외국인이 와서 영어에 관한 테스트를 했었고요. 그때 '영어가 PD랑 무슨 상관이지?' 생각했습니다.

요즘은 글로벌 OTT라든지, 유튜브같이 전 세계에 내가 만든 콘텐츠가 공개되는 시대가 되었습니다. 영어를 잘하게 되면 다양한 플랫폼과 일을 할 때도 여러 이점이 있을 뿐 아니라 세계 각국 시청자에 대한 이해도 할 수 있으니 잘할수록 이로운 시대가 되었어요. 앞으로는 더욱 영어 실력이 있으면 콘텐츠 관련 일을 하면서 좋은 점이 많을 것 같아요. 더불어 해외 경험 등을 통한 국제적 감각이 겸비된다면 더욱 좋겠죠.

그러나 무엇보다 '사전 방송 제작 경험'이 가장 중요해질 것 같습니다. 아무래도 예전보다는 쉽게 다양한 형태의 방송을 접할 수 있는 시대이면서 직접 만들 수 있는 시대가 되었기 때문입니다. 아무래도 입사 전에 다양한 형태의 방송 제작 참여 경험이 있다면, 실제로 입사에 굉장히 많은 플러스 요인이 될 겁니다. 점점 많은 회사들은 '바로, 곧장 쓸 수 있는' 인재를 원하는 추세니까요. PD 분야도 마찬가지입니다. 실제로 요즘 신입 PD 모집은 줄어들고, 경력직 PD 선발이 증가하는 분위기입니다.

PART 2

자고로,
메인스트림이 돼야
하는 법

여의도, 여기가 어디죠?

이제 막 대학생을 벗어나려는 나에게 여의도란 완전히 새로운 '직장인'의 세상이었다. 여러 교육을 들으며 신입사원 연수 기간을 보냈다. 당시는 제작 PD로 한꺼번에 뽑았어서, 드라마, 예능 등 구체적으로 나눠지지는 않았을 때였다. 신입사원 연수 기간이 끝나면 결정되어 배치된다고 했다. 과연 어느 분야의 PD가 되어야 할까? 스포츠를 좋아하니까 스포츠 PD도 재미있을 것 같고, 또한 예능이야말로 웃고 떠드는 프로그램을 만드는 것이니 또한 재미있을 것 같았다. 드라마는 좀 어려울 것 같고. 뭔가 예술을 해야 할 것 같은?

'그래, 예능국에 지원해야겠다.'

연수 기간 중 인사팀 선배가 스포츠 PD는 어떠냐고 하셨다. 아무래도 자기소개서에 쓴 스포츠에 대한 나의 열정을 보고 물었던 것 같다. 사실 잠시 고민하긴 했었는데 그래도 프로그램 제작을 보다 많이 할 수 있는 예능국에 가고 싶다고 말했다. 스포츠 PD도 프로그램 제작을 하긴 하지만, 주로 중계방송을 한다고 들었기 때문이었다. 연수가 끝나고 배치가 결정 났다. 예능국을 지원한 내가 배정된 곳은 갑자기 시사교양국.

"본부장님, 저는 예능국에 가고 싶은데… 저는 교양 따윈 없는 사람이라…."

"일단 가서 해봐."

지금 생각해보면 회사 생활 하면서 가장 많이 들은 말은 '일단 가', 아니면 '일단 해'였던 것 같다. '일단 가'라고 해서 일단 교양국으로 갔다. 그렇게 나는 '일단' 시사교양 PD가 되었다.

보통 교양 PD가 처음으로 가게 되는 곳은 아침 방송이다. SBS 아침 방송으로 〈생방송 모닝와이드〉라는 프로그램이 있다. 아침 6시부터 8시 반 정도까지 3부에 걸쳐 방송하는 간판 아침 생방송이다. 1, 2부는 보도국에서 진행하는 뉴스이며, 3부는 교양국 〈모닝와이드〉 팀에서 만드는 스튜디오 쇼다. 주로 각종 이슈나 정보를 담은

10~15분가량의 꼭지물(VTR물이라고도 한다) 4개 정도로 이루어진다. 장장 2시간 반 정도 되는 꽤나 큰 방송이다. 게다가 전체 방송의 진행을 교양국이 했다. 생방송에서 보이는 1, 2부 뉴스의 진행은 보도국 앵커, 기자 또는 아나운서들이 하지만 스튜디오에서의 카메라 연출, 여타 소품 준비 등 방송의 전반적인 진행은 교양국 PD들이 담당해서 진행한다. 매주 월요일부터 금요일까지 주중에 매일 방송이 있었다. 매일매일의 3부를 준비해야 했기 때문에 팀도 다섯 팀이나 되었다. 나는 조연출이라 특정 요일에 속하지 않았고 격일로 생방송에 참여하거나 3부 방송을 준비하고 도와줘야 했다. 만약 생방송을 진행해야 하는 날이면 그날 출근은 무려 새벽 4시 반이었다. 진짜 직장 생활의 시작이었다.

'아… 4시 반? 이게 뭐람….'

신입사원. 나는 막내 조연출이었다. 나와 마찬가지로 〈모닝와이드〉에 같이 배정된 내 교양국 동기 한 명과 각자 일하는 요일을 나누었다. 우리는 해당하는 날 팀을 도우며 조연출 업무를 했다. 조연출 업무에는 한계가 없었다. 소품 준비, 제작비 관리 등 본연의 업무 외에 온갖 잡다한 일을 다 해야 했다. 매일의 루틴은 정말 빡빡했다. 예를 들면, 월요일에 생방송 진행을 했다면, 다음날인 화요일은 수요일팀에 들어가 수요일 모닝와이드 3부의 방송분을 준비하고 도와주는 일을 해야 했다. 그리고 다시 목요일 생방송 진행하고. 이런 반복 루틴이었다. 만일 월요일팀 방송을 보조하게 되는 주에는, 전날인 일요일에 나와 월요일팀 선배들의 작업을 도와야 했다. 아침 생방송이기 때문에 당연히 아침에 방송이 끝나면 퇴근이었다. 따라서 밤새우는 게 당연한 일과였다. 입사하자마자 밤샘이 익숙해지기 시작했다.

새벽 4시 반, 인적이 없어 조용한 방송국에 도착해서 제일 먼저 하는 일은 '오늘 자 조간신문' 코너 준비. 신문 자르기였다. 그날 앵커가 선택해놓은 오늘 자 조간신문들의 주요 소식들을 잘 잘라 스크랩해서, 밑줄 역할을 하는 빨갛고 얇은 테이프를 한 치의 오차 없이(희망사항) 비뚤어지지 않게 잘 붙여야 했다. 내가 붙인 테이프가 방송에 나온다…! 자를 대고 신문을 하나둘씩 자르고, 테이프를 붙여가면서 낑낑거렸다. 나보다 1년 먼저 입사한 선배는 많이 익숙해 보였다. 손놀림이 현란했다.

'저게 역시 짬인가?'

아닌 새벽에 신문 자르는 일과가 이어졌다. 이러려고 PD가 된 건가? 하는 생각이 오랜 시간 동안 머릿속을 지배한 나날들이었다. 역시나 시간이 약인 것인가. '적응의 동물'답게 나란 인간도 신문 자르고 테이프 붙이는 손놀림이 현란해지고 있었다.

신사옥에 갇히다

나는 SBS의 '마지막 여의도 입사 기수'이다. 계획보다 많이 늦어졌다는 목동의 SBS 신사옥이 드디어 완공됐다. 입사 후 꿈꿨던 여의도 생활도 잠시였다. 바로 이듬해 봄, 몇몇 팀이 먼저 목동 신사옥으로 이전했다. 아침 방송 팀은 프로그램 제작 팀들 중 1순위였다. 나는 어느덧 방송국 먹이사슬의 가장 아래에 있다는 지옥의 조연출 생활에 어느 정도 적응하고 있었다.

방송국 PD는 크게 관리직인 CP, 연출 PD, 조연출 PD로 나눌 수 있다. CP는 Chief Producer의 약자로 책임 프로듀서라고 한다. 각 제작국에서 만드는 프로그램들과 그에 속한 PD들을 관리하는 PD로, SBS 예능국을 예로 들면, 〈런닝맨〉, 〈인기가요〉 같은 프로그램들을 2~3개씩 그룹으로 묶고 1CP부터 5CP까지 다섯 CP 산하로 나누어 담당하고 관리한다. 각 프로그램 연출 PD는 해당 프로그램의 연출 총책임자로, 특정 CP 산하에 소속되어 자신의 프로그램을 연출하는 업무를 한다. 방송국마다, 그리고 상황마다 다르지만 대개 5~7년 정도의 조연출 생활을 거치고 나면 연출 PD가 된다. 연출 PD가 되기 전까지 조연출 PD들은 소속된 프로그램의 연출 PD를 서포트하는 것이 주요한 업무다.

'끝날 때까지 끝나는 게 아닌' 방송 일. 끝나면 또 다시 다음 주 방송이 기다리고 있고, 프로그램이란 마치 생명체 같아서 제작하는 동안 어떤 일이 벌어질지 아무도 예측할 수가 없다. 그래서 늘 돌발 상황이 발생한다. 프로그램 제작에는 정해진 일이 있기는 해도, 그 외의 일들은 명확한 경계가 없다. 기본적으로 정해지고 준비해야 하는 일들은 당연히 잘 해야 하지만, 아주 자주 '정말 이런 것까지 해야 하나?'라는 생각이 드는 일이 생긴다. 녹화 장소에 문제가 생겨서 급하게 변경해야 될 때도, 야외에서 사람들이 너무 몰려서 정리를 하고 가야 할 때도, 출연자에게 갑자기 예상치 못한 문제가 생겼을 때도, 그 상황을 가장 먼저 해결해야 하는 것은 조연출의 몫이다.

(모든 방송 조연출 분들! 힘내세요….)

워라밸이라는 말도 없었지만 완벽히 붕괴된 밸런스로 목동 신사옥이 내 워크이자 라이프였다. 날이 갈수록 회사에서 자는 게 익숙해져갔다. 집에 있는 내 침대보다 사무실 한편 소파에서 자는 날이 더 많았다. 그런데 문제는 이 신사옥이 너무 새 건물이었다는 것이다. 최첨단 공조 시스템을 갖추었다고는 하는데, 사실 창문 하나 없게 설계가 되어 있었다. 그래서 늘 새것 냄새가 가득했다. 그래서인지 초반에 이전한 몇몇 팀 사람들은 다들 두통 등 이런저런 불편을 호소했었다. 그게 바로 '새집증후군'이었을까.

그러던 나에게도 올게 왔다. 신사옥에서 거의 갇혀 지내는 생활을 몇 달 이어가던 중 어느 날 열이 40도 가까이 오르면서 온몸이 아프기 시작했다. 난생처음으로 병원에 입원했다. 폐렴이었다. 단언컨대, 지금의 목동 SBS 방송센터는 나를 포함해 초반에 이전한 사원들이 스스로 인간 정화한 곳이다.

여기서는 안 되겠니

원치 않았던 교양국행이었지만 좋은 선후배, 동료들 덕분에 나름 즐거운 생활을 했다. 그래도 한번 꽂혔던 예능국에 대한 나의 갈망은 잘 사그라들지 않았다. 몸은 교양국에 있었지만, 마음은 예능국을 향해 있었다. 늘 예능국 동기들이 지금쯤은 어떤 일을 하고 있는지, 어떤 실력을 키우고 있는지 궁금했다.

3년 차로 넘어갈 무렵, 〈세븐데이즈〉라는 프로그램에 배치되었다. 임성훈 씨가 진행하던 시사 교양 프로그램이었는데, 다루는 내용이 좀 하드했다. 교양국의 간판이면서 가장 높은 업무 강도를 자랑했던 프로그램은 〈그것이 알고 싶다〉였는데, 〈세븐데이즈〉는 〈그것이 알고 싶다〉에서 사회를 떠들썩하게 했던 쟁쟁한 아이템들을 취재한 교양국 간판 PD 남상문 선배가 기획해서 만든 프로그램이었다. 그래서 그런지 강한 시사 탐사 프로그램의 느낌이 있었다. 교양국 내부에서도 '미니 그알'이라고 불릴 정도였다. '우리 주변의 의미 있고 재미있는 이야기를 다루며 사회적 메시지를 읽어낸다'는 게 〈세븐데이즈〉의 기획 의도. 긴 시간의 취재와 제작 기간을 요하는 〈그것이 알고 싶다〉보다는 좀 더 빠르고 신속하게 접근해서 방송할 수 있는, '그알'보다 시의적인 강력 사건들이 주요 아이템이었다. 그런 아이템들이 역시나 시청률도 잘 나왔다.

그런데 문제는 나랑 너무도 맞지 않는 프로그램이었다는 것이다. 나는 징그럽고 잔인한 걸 끔찍이도 싫어한다. 남들 즐겨 보는 좀비물, 정말 이해를 못한다. 공포영화도 질색이라 아예 보지 않거나 그런 장면에는 눈을 감아버리는 스타일인 데다가 겁도 많아서 놀이 기구도 못 탄다. 그런데 〈세븐데이즈〉에서 일하면서 정말 나쁘고 이상한 사람들, 그리고 그들로 인한 잔혹하고 끔찍한 현장들을 너무 많이 접하게 되었다.

갓난아이를 대교 밑으로 던져버린 인간이길 포기한 아버지, 시신이 된 어머니를 무려 6개월 이상 방치하고 곁에서 그냥 살았던 아이, 멀쩡한 사람을 몇십 년간 노예로 부린 나쁜 섬마을 주민들 등. 내가 PD가 되기 전에는 그저 뉴스로만 볼 수 있었던 그 악의 현장들을 실제로 겪고 체험하게 된 것. 이는 너무나도 큰 스트레스였다. 물론 공익을 위해서, 그리고 사회에 시사하는 메시지를 전달하기 위해서, 또한 가장 중요한 시청자들의 알 권리를 위해서, 사회의 다양한 사건과 현장들을 제대로 취재해서 방송하는 게 시사교양 PD의 소임이다. 하지만 촬영에 나갈수록, 그리고 돌아와 편집실에서 그 취재된 테이프를 다시 볼수록, 괴로움은 더해갔다.

'그래. 아무래도 안 되겠어.'

며칠 후, 고민 끝에 국장님 방을 찾아갔다. 예고 없이 불쑥 찾아온 나를 본 국장님의 표정은 뭔가 이상함을 감지한 듯했다. 나는 아무 말 없이 품고 있던 사직서를 내밀었다.

"이게 뭐야?"

"저 아무래도 못하겠습니다. 노력했지만 저랑 정말 안 맞아요. 저 예능으로 보내주세요. 안 된다고 하시면 그냥 그만둘게요."

잠시 정적. 국장님의 얼굴이 이내 벌겋게 상기된 게 느껴졌다. 우리 둘 사이 흐르는 차가운 공기.

"…안 돼."

"아니 왜요? 어차피 같은 제작 본부 안에서 이동하는 거잖아요. 저는 원래 예능 가고 싶었고 지금도 마찬가지예요. 노력해봐도 여기서 하는 것들이 적응이 안 되는데 어떡해요."

"그래도 안 돼. 이동이 그렇게 말처럼 쉬운 게 아니야. 팀을 옮겨주든지 할 테니까 일단 돌아가서 일해."

"…아뇨, 저 그냥 그만둘게요."

세게 나가야 했다. 아니면 바뀌는 게 없을 것 같았다. 이미 머릿속으로 이 상황에 대한 연습을 해왔다. 사표야말로 직장인 최후의 카드이자 최강의 카드. 사실 '설마 진짜 자르겠어?' 하는 마음이 있었다. 그래서 더 강하게 나갔다.

"일단 돌아가서 일 봐. 알았어, 생각 좀 해보고 다시 부를 테니 그때 다시 얘기하자."

며칠 후 국장님의 호출을 받고 다시 찾아갔다. 원하던 예능국으로의 이동이 아닌 프로그램 이동을 명 받았다.

"너 예능하고 싶다고 했으니까 〈한밤〉으로 가. 아직 이동은 안 돼. 〈한밤〉이 완전 예능이지 뭐야? 국 이동은 그렇게 쉬운 게 아니야. 알았어? 일단 그리로 가서 해보고 정 안되겠으면 나중에 다시 한번 얘기하자고."

전형적인 국장님의 시간 벌기 작전이었다. 하지만 사표 카드까지 쓴 마당이라 받아들여야 했다. 그렇게 반 발짝 정도. 무늬는 예능인 교양국 소속 프로그램 〈한밤의 TV연예〉로 이동했다.

반쪽짜리 예능과 제시카 알바

"너 예능 하고 싶은 애잖아. 〈동물농장〉도 예능이나 다를 바 없어. 이번에는 거기 가."

〈한밤의 TV연예〉와 〈TV동물농장〉. 예능국으로의 이동을 갈망하던 내가 그 대안으로 보내졌던 곳들이다. 사실 국장님 말마따나 〈한밤〉과 〈동물농장〉은 교양국에 속해 있는 프로그램들이긴 하지만 예능스러운 구석이 있는 프로그램들이긴 하다.

〈한밤의 TV연예〉에는 2년 가까이 있었다. 아마도 사표까지 던진 애라 꽤 오래 안 건드린 것 아니었을까. 연예계 전반의 소식들을 다뤘던 〈한밤의 TV연예〉는 역사가 굉장히 오래된 프로그램이었다. '진짜 예능'은 아니었지만 사실 어느 정도 예능 시스템이 묻어 있었고, 슬슬 재미가 붙긴 했다. 덕분에 평소 궁금했던 영화감독님들도 많이 만났다. 그리고 그동안 화면에서만 보던 배우들도 수없이 많이 만났다.

당시 영화 〈왕의 남자〉를 취재하면서 이준익 감독님을 알게 되었고, 지금은 톱스타인 당시 신인 배우 이준기를 만났다. 마치 톱 아이돌이 새로 등장한 것처럼 이준기에 대한 신드롬이 있던 바로 그때. 하루하루가 다르게 커져가는 사람들의 함성과 인기를 직접 보고 경험한 곳이 바로 〈한밤〉이다. 무엇보다 PD와 공생 관계라는 매니저, 제작자들도 처음 관계 맺고 알게 된 프로그램이기도 하다. 특히 예능 PD는 매니저들과의 관계가 중요한데, 이는 대부분 연예인 위주로 제작되는 프로그램이 예능에 많아서 출연 가능한 연예인들을 관리하는 매니저들과의 관계나 소통이 필수이기 때문이다. 잘 관계를 쌓고 지낼수록 연예인 섭외할 때 유리해지는 거다. 아는 사람 떡 하나 더 준다고, 아무래도 잘 아는 사이가 유리할 수밖에 없다.

지금은 손안의 스마트폰으로 세상 모든 연예계 소식을 실시간으로 알 수 있는 시대여서 〈한밤〉 같은 연예 정보 프로그램들은 그 기능을 할 수 없게 된 지 오래다. 그렇지만 2005년 즈음은 아직 굉장히 시청률이 잘 나오면서 인기를 구가하는 프로그램 중에 하나였다. 진성(?) 시사교양 PD들에게는 인정받지 못하는, 달리 말하면 '있는 동안 한 템포 쉬어가는' 느낌의 프로그램이었다. (교양국 PD들이 인정하는 교양국 내 1티어 프로그램은 〈그것이 알고 싶다〉나 다큐멘터리 프로그램이었다. 물론 다 그런 건 아니었지만.)

〈한밤〉에 있으면서 마치 예능 PD가 된 듯 본격적으로 연예계를 알아가기 시작했다. 그중 가장 기억에 남는 취재는 해외에서 했던 것이었다. 제시카 알바가 출연했던 영화 〈판타스틱4〉의 호주 정킷Junket 행사 취재. 나에게 의미 있는 입사 후 첫 해외 출장. 그것도 무려 시드니, 아니 무려 제시카 알바? 그녀를 실제로 볼 수 있다니!

출장 인원은 나와 후배 PD 단 둘. 카메라도 필요 없었다. 거기서 다 찍어주기 때문이다. 우리는 촬영에 필요한 몇 개의 베타테이프들만 잘 챙겨 가면 되었다. 그야말로 꿀. 그 당시만 해도 〈한밤〉엔 이런 '꿀 출장' 정킷 행사가 많았다. 아무래도 주요 유력 매체의 수가 굉장히 적은 시대였으니까 그랬을 거다. 그래서 보통 영화사, 제작사들이 몇몇 유력 매체들을 모두 초대해서 정킷 행사를 취재하게 했다. 당시의 전형적인 영화 홍보 방식이었다.

처음 가본 해외 출장, 해외에서의 영화 정킷 취재는 굉장히 낯설었다. 일반적으로 정킷에 초청된 언론사, 방송사들은 주요 배우들과의 인터뷰에 15~20분 정도의 시간을 받는다. 그 시간 안에 우리가 준비한 질문을 하며 인터뷰를 진행하면, 주최 측에서 알아서 촬영을 해준다. 촬영이 끝나면 우리 베타테이프를 돌려받으면 끝이다. 한국으로 잘 가져와서 영화사에서 제공하는 해당 영화의 자료와 함께 편집해서 최종 방송을 만든다. 말로만 듣던 할리우드 스타를 지척에서 보며 인터뷰를 하고 있다는 사실이 믿기지가 않았다. 사실 요즘도 가끔 느낀다. 어떤 사람들은 살면서 연예인 실물을 한 번 보기도 힘든데, 나는 그들과 연락도 하고 만나기도 하고 밥도 먹고 할 때. 가끔은 비현실적이라고 느껴질 때도 있다. 새삼 신기하기도 하고.

그렇게 시드니 현지에서 진행된 〈판타스틱4〉 각종 행사에도 모두 초대되었다. 정킷 초대장에 정장을, 그것도 가능하면 턱시도를 가져오라고 했는데 이 때문이었다.

정장을 쫙 빼입고 시드니 도심 한가운데에 있는 광활한 호주 폭스 스튜디오 타운 내 극장에 갔다. 마치 셀럽이 된 양 〈판타스틱4〉 언론 시사회에 참석했다. 그게 다가 아니었다. 이후 열린 애프터 파티까지 갔다. 찐 외국인들이 가득했던 찐 외국 파티. 할리우드 유명 배우들 틈에 섞여 말도 안 되는 순간을 즐겼다. 그 순간은 PD가 아니라 동양의 이방인으로서 신기함을 눈에 품고 홀짝홀짝 칵테일을 기울였다. 그때 우리가 눈에 띄었는지 제시카 알바가 갑자기 다가와 말을 걸었다. 순간 얼음. 너무 당황해서 어떤 말을 했는지도 모르겠다. 찰나의 대화를 나눈 뒤 할리우드 스타 그녀는 살짝 웃으며 내 어깨를 툭 치더니 악수를 청했다. 그리고는 동행들과 함께 유유히 파티 인파 속으로 사라졌다. 그건 분명 꿈이었을 거야.

사실 방송 PD가 되고 나서 영어는 이제 별로 쓸 일이 없겠지 했다. 더구나 외국에 나가거나 하는 일도 별로 없을 줄 알았다. 그런데 웬걸, 그동안 나의 방송 생활을 돌이켜보면 역마살이 잔뜩이었다. 〈런닝맨〉은 해외 특집을 계기로 흥했고, 꼬박 2년여 가까이를 중국 땅에 있기도 했었으니.

코뿔소를 코앞에서

진정한 '동물의 왕국'은? 바로 아프리카다. 〈TV동물농장〉에서 일하던 어느 날, '진짜' 동물의 왕국인 아프리카로의 출장이 잡혔다.

생애 처음으로 밟아보는 아프리카 대륙. 목적지는 우리와 계절이 딱 반대인 남반구, 아프리카 최남단에 있는 남아프리카공화국이었다. 다른 동갑내기 프리랜서 PD 한 명과 함께 각자 6mm카메라 한 대를 고이 챙겨든 채, 장장 20시간여를 날아서 요하네스버그 공항에 도착했다. 그곳에서의 아이템은 한 항공 기업의 후원으로 진행된, 세계 각지의 고등학생들이 모여 〈진정한 야생을 경험하고 체험하는 활동 캠프Wilderness Camp〉였다. 우리나라 학생도 세 명 선발되어 우리는 주로 그들의 여정을 함께하는 거였다. 총 10개국 정도에서 모였다. 학생들은 학생들끼리, 취재진은 취재진들끼리 자연스럽게 어울렸다. 야생 캠프이자 자연스러운 국제 교류의 장이었다. 야생 캠프 장소는 요하네스버그에서 차로 한 시간여 정도를 이동해야 하는 거대한 야생 사파리 구역이었다.

남아프리카공화국의 사파리는 거의 다 사유지라고 한다. 그 크기는 실로 상상할 수 없을 정도로 크다. 보통 하나의 사파리가 서울의 웬만한 구를 몇 개 합친 면적에 달한다. 그 광활한 땅에 정말 큰 경계―전기가 흐르는 철조망―를 치고 운영되고 있었다. 환경과 자연을 보호하며 동시에 좋은 관광 자원인 셈이다. 사파리들은 각 동물의 개체 수를 각별히 유지한다. 그래서 이따금 이웃한 사파리끼리 서로가 필요한 동물의 개체 수를 교환해서 그 광활한 생태계의 다양성을 유지한다. 그야말로 거대해서, 사파리 구역 내에는 엄청나게 큰 산도 떡하니 있고, 드넓은 호수도 있으며, 광활한 초원도 있는 식이다. 그리고 그 안에는 야생 동물들이 가득 차 있다. 코끼리, 사자, 기린, 하마, 코뿔소 등 책이나 TV에서만 보던, 동물원이나 가야 볼 수 있는 야생 그대로의 동물들이 그들의 삶을 살고 있다. 거대한 사파리 내부는 당연히 차를 타고 이동해야 한다. 인간은 그저 낯선 손님일 뿐이다. 울타리가 있는 사파리 경내의 몇몇 숙소를 제외하고는 절대로 혼자 다닐 수 없다. 사파리 안에 있는 숙소의 종류도 다양해서, 로지나 호텔, 텐트 등 여러 형태의 숙박시설이 있다. 그야말로 자연에서 먹고 자고 지내며 야생 동물들의 삶을 생생하게 관찰하는 색다른 경험을 제공하는 곳이다. 동물들의 터전에 들어가 며칠 지내고 오는 흔치 않은 체험의 장소. 진정한 야생이 펼쳐지는 이곳에선 '레인저'라고 불리는 사파리 경내의 무장한 가드 요원들과 함께 다녀야 한다. 그들은 '진짜' 총을 지니고 다니며 우리를 보호했다. 이동 시엔 반드시 레인저들과 동행해야 한다. 그러지 않는다면… 상상에 맡기겠다.

일주일 정도 진행된 야생 체험 캠프. 선발된 학생들은 정말 값진 경험을 하는 셈이었다. 하루는 밀림의 왕 사자의 사냥 광경을 직접 보기 위해 새벽 4시에 기상했다. 사자는 자신들의 먹잇감이 깊은 잠에 빠져 있을 만한 새벽 시간에 주로 왕성한 사냥을 펼친다고 했다. 아직 동이 트기 전인 새벽 4시가 조금 넘은 시각, 적막이 흐르는 아프리카의 야생. 우리는 조를 나눠 차에 올라탔다. 포장

된 길은 당연히 없는 자연 그대로인 곳이라, 튼튼하고 힘좋은 4륜 구동차가 그곳의 교통수단이다. 총을 지닌 레인저가 직접 운전하는 4륜 구동 지프차에 올라타고 우리는 야생 속으로 들어갔다. 과연 올라갈 수 있을까 싶은 가파르고 험난한 산등성이 비탈길을 지프차는 굉음을 내며 거침없이 올랐다. '오~ 어어~' 하는 괴성이 절로 나왔다. 거친 황소 등에 올라탄 듯 덜컹거리길 수차례하고 나서야 비로소 평지에 도착했다.

'어? 산에 올랐는데 광활한 평지라니?'

아래에서 볼 때는 한참 높아서 보이지 않던 산 윗부분. 그런데 신기하게도 산에 올라오니 또 다른 광활한 초원이 펼쳐지는 것이 아닌가. 바로 분지 지형. 이곳에 있는 산들은 보통 이런 지형이라고 한다. 밑에 있을 때보다 훨씬 많은 야생 동물들이 눈앞에 펼쳐졌다. 커다란 기린, 얼룩말들이 유유히 거닐거나 한가로이 풀을 뜯어 먹고, 새벽녘 쉼을 청하고 있었다. 그들은 레인저의 4륜 구동 지프차가 이미 익숙한지 별로 신경도 안 쓰는 눈치였다.

우리를 태운 차는 빠르지는 않지만 민첩하게 나아갔다. 한 10분쯤 달렸을까? 드디어 레인저가 속력을 줄이기 시작했다. 좀 더 가서 차의 시동을 끄더니 우리를 보고 조용히 속삭였다.

"저기를 봐요, 사자예요."

야생 그대로의, 제멋대로 자라 수북한 덤불들 사이로 무언가 움직이고 있었다. 덤불 사이로 희미하게 보이는 갈기털, 유유히 흔들리는 꼬리들. 그냥 한 마리가 아닌 여러 마리의 사자 무리였다. 우리를 태운 지프차는 천천히 사자들 쪽으로 전진했다. 나는 조심스레 내 6mm카메라를 꺼내 들었다. 그리고는 천천히 줌-인을 했다. 이제 똑똑히 보였다. 막 사냥을 한 듯 김이 폴폴 올라오고 있는 무언가의 사체. 그 주변에서 야생 사자의 무리가 만찬을 즐기고 있었다. 뼈까지 그냥 씹어서 먹는 것 같았다. '우드득우드득' 하는 소리가 새벽녘의 고요함을 비집고 마치 동굴 속에서 소리가 울리는 것처럼 크게 들렸다. 주변 수풀엔 선혈이 가득했다. 그리고 알 수 없는 동물의 뼈들도 여기저기 널브러져 있었다.

야생 사자들이 직접 사냥한 사냥감을 먹고 있는 진귀한 광경을 숨죽여 지켜보면서 동시에 내 카메라 속 작은 테이프에 그 모습을 담았다. 가장 갈기털이 풍성한, 아마도 우두머리일 한 사자가 이제 식사를 다 마쳤는지 한껏 기지개를 펴고 어슬렁 옆으로 걸어갔다. 그리고는 이내 널브러지는 게 쉴 준비를 하는 모양이다. 그러자 곁에서 가만히 먹이를 지켜보고만 있던 어린 사자들과 아기 사자들 몇 마리가 이제서야 슬쩍 먹이 쪽으로 모여들기 시작했다. 다큐멘터리에서만 보던 야생 사자들의 만찬 장면을 생생하게 목격한 정말 놀라운 경험이었다. 비록 사냥하는 순간을 포착하지는 못했지만, 아직도 귓가에 뼈까지 씹어 먹던 그 야생의 소리가 들리는 듯하니까.

며칠 뒤에는 더 놀라운 일이 생겼다. 야생 캠프 막바지 일정 즈음, 우리는 좀 더 고급스러운 숙소로 이동했다. 숙소의 넓은 식당에서 현지인들의 아프리카 전통 음악 공연을 보며 아프리카에서의 이색적인 저녁 만찬을 즐겼다. 식사 자리가 끝날 무렵, 갑자기 소란스러운 소리가 들렸다.

"지금 다들 나오지 말고 여기서 대기하래요. 뭔가가 나타났나 봐요!"

숙소 단지 내부에, 야생 동물이 침입한 거다.

"뭔데? 뭐가 들어왔는데?"

"코뿔소인가 봐요!"

그렇다. 여기는 바로 아프리카. 우리나라라면 멧돼지일 텐데, 여기는 코뿔소다. 어안이 벙벙한 채 가만히 대기 중이던 우리는 잠시 후 레인저들의 안내에 따라 식당 뒷문으로 빠져나가기 시작했다. 최대한 조용하고 신속하게. 혹여나 코뿔소가 놀라기라도 한다면…. 밖으로 살금살금 빠져나가면서도 코뿔소가 들어와서 뭘 하고 있을지 너무 궁금했다. 발걸음은 식당에서 멀어지면서도, 내 시선은 코뿔소가 나타났다는 숙소 단지 입구 쪽을 향하고 있었다.

'왓…! 진짜네!'

숙소 입구 쪽 잘 정리된 잔디밭에 그야말로 '집채'만 한 무언가가 보였다. 바로 엄청난 크기의 야생 코뿔소. 그것도 두 마리나 됐다. 정말 입이 떡 벌어지게 하는 크기였다. 오두막 한 채 크기는 족히 되어 보였다. 진하디진한 회색빛의 아프리카 야생 코뿔소 두 마리는 깜깜한 밤하늘의 달빛을 받으며 잘 정리된 숙소 앞 잔디밭 앞에서 한가로이 풀을 뜯어 먹고 있었다. 다들 놀라 뒷걸음치기 바쁘면서도 유유히 식사를 즐기고 있는 거대한 코뿔소 두 마리의 모습에 탄성을 연발했다.

'아, 카메라가 있었어야 했는데….'

PD 다 됐다. 어쩌면 많이 위험할 수 있는 상황에서도 카메라 생각이 났다. 얼마의 시간이 지나고 초대받지 않은 손님인 대형 야생 코뿔소 두 마리는 능숙한 레인저들의 리드에 따라 안전하게(?) 야생으로 빠져나갔다. 고요했던 그날 밤, 우리 모두는 '거대 코뿔소 눈앞 목격담, 그것도 두 마리!'란 흔치 않은 에피소드를 챙겼다.

천국과 지옥

"그래. 정 가고 싶으면 가서 해봐야지. 그렇게 가고 싶다는데."

두 번째 사표 카드가 드디어 통했다. 교양, 예능 양 국장님들이 부서 이동을 받아들였다. 못 하게 하면 더 하고 싶은 게 사람 마음이기에, 그동안 목 빼고 바라만 보던 내게는 오직 예능에 가고 싶은 마음밖에 없었다. 조금 돌아 5년 차에 결국 예능 PD가 되었다. 아직 애매한 조연출 중간 연차니까 가서 열심히, 그리고 빨리 배우면 되겠다는 마음이었다. 교양국에 있는 동안 늘 예능 동기들은 편집을 할 때는 어떤 장비를 쓰고 어떤 방식으로 하고 있는지, 어떤 연예인들과 어떤 프로그램을 하는지 체크해왔다.

그런데 막상 실제로 넘어가보니 예능국은 예상과는

'완전' 딴판이었다. 교양국은 15층, 예능국은 16층이었다. 단 한 층 차이였는데, 국의 분위기나 일하는 방식들, 사람들의 성향 등 많은 게 달랐다. 아니, 그냥 천지 차이였다.

우선 일하는 방식. 보통 촬영 때 교양 프로그램들은 많은 카메라를 쓰지 않았다. PD가 직접 찍을 때도 많았다. 편집기도 교양국은 주로 1대1 아날로그 편집기를 사용했다. 교양 프로그램들의 일반적인 제작 시스템은 메인 PD와 담당 작가, 소수가 제작하는 '꼭지물' 중심이었다. 그런데 예능국의 프로그램 제작은 달랐다. 일단 촬영에 사용하는 카메라 대수 자체가 비교가 안 되게 많았다. 특히 버라이어티 프로그램은 카메라의 대수가 엄청나게 늘어가고 있던 추세였다. 그래서 편집의 단계도 복잡했고, 이 때문에 넌리니어 편집기로의 전환이 자연스럽게 이루어졌다. 1대1 편집기로는 많은 촬영 테이프의 편집이 감당이 안 되었기 때문이다. 그래서 예능국에서는 일반적으로 2대1 편집기를 사용하거나 지금은 박물관에 가 있을 초기 넌리니어 편집기를 쓰고 있었다.

빨리 다름에 적응해야 했다. 예능으로 이동하고 싶은

내 바람을 알고 있던 몇몇 친한 교양국 선배들은 아낌없는 조언을 해주셨었다. 결국 예능으로 가고 싶다면, 지금부터라도 늘 예능 시스템에 대한 준비를 해두라고. 이동하고 나서 예능 동기들과 너무 실력이 벌어져 있으면 결국 적응하기 힘들 거라고 했다. 뭔가 또 다른 시작이 펼쳐지는 듯했다.

우스갯소리로 교양은 재미없는 천국, 예능은 재미있는 지옥이란 말이 있었다. 천국과 지옥. 이처럼 둘은 가깝지만 너무 다른 곳이다. 우여곡절 끝에 힘들게 예능국으로 넘어온 이상, 나는 하루라도 빨리 이 지옥에 적응해서 바라던 예능 PD가 되어야만 했다.

다시 오프닝을 찍다

과장하자면 도서관 같은 면학 분위기가 흐르는 교양국에 비해 예능국은 왁자지껄한 시장터였다. 다들 좀 시끄럽고, 여기저기서 웃음소리가 들리고, 이따금 고성도 터지고, 제멋대로 떠드는 사람도 많고, 화내는 사람도 많은. 게다가 들락날락 왔다 갔다 하는 외부인들로 늘 북적거려 복잡했다. 아래층에서 올라온 나에게 굉장히 낯선 풍경이었다. 어찌됐건 관건은, 빠르게 실력을 키워 선배들의 눈에 띄는 후배가 되는 것이었다.

약간의 대기 기간을 거쳐 프로그램에 투입됐다. 배정된 프로그램은 새로 기획한 〈신동엽의 8대1〉이라는 스튜디오 예능 프로그램이었다. 메인 연출 PD는 나보다 8년 먼저 입사한 까마득한 선배였다. 교양국에 있다가 넘어온 나를 조연출로 받으라니 그 선배도 기분은 별로

였을 거다. 그래도 나는 학구열로 불탔었다. 많은 선배들에게 예능 시스템을 하나씩 배워나가기 시작했고, 하나하나가 다 새로웠다.

예능을 흔히 '후반 작업의 예술'이라고 한다. 편집은 모든 장르가 중요하지만, 예능은 특히 후반 작업에서 손이 정말 많이 간다. 프로그램만 봐도 알 수 있다. 수많은 카메라, 다채로운 자막, 음악, 출연자들. 손이 많이 갈 수밖에 없다. 프로그램에 따라 많게는 100대 이상의 카메라를 쓴다. 촬영 현장에서는 어떤 카메라에 어떤 재미있는 장면이 담겼을지 알기 어렵다. 따라서 보통 예능 프로그램 촬영 현장에서 PD는 '큰 그림을 본다'고 하는데, 기획된 큰 스토리, 구성대로 잘 흘러가도록 지휘하는 데 초점을 맞추는 것이다. 어차피 디테일한 재미 요소들은 촬영 현장에서 다 파악할 수 없기 때문에, 이런 디테일들은 결국 나중 후반 작업에서 꼼꼼하게 찾아내는 것이다. 그래서 팀플레이가 중요하다. 촬영 때 나와 있던 모든 PD와 작가들이 각자의 시각에서 보았던, 기억하고 있던 촬영 당시의 재미있는 순간들을 이후의 회의와 시사를 통해 복기한다. 그를 바탕으로 후반 작업에서 그

디테일한 재미를 구현해내야 한다. 또한, 예능 프로그램은 '포장' 즉, 데코레이션이 필수이다. 이는 자막, 음악, CG 작업 등 예능 프로그램의 재미를 위해 치장하는 모든 작업들을 말한다. 따라서 예능 프로그램은, 촬영할 때와는 전혀 색다른 결과물이 만들어지는 것이 일반적이다. 그게 곧 예능 PD의 실력일 것이며, 이것이 곧 프로그램의 완성도로 연결된다. '편집으로 살린다'라는 말이 곧 예능 PD의 능력을 말하는 셈이다. 그렇게 〈8대1〉 조연출 생활을 시작으로 복잡다단한 '예능 PD의 일'들을 알아가기 시작했다.

시사교양 PD와 예능 PD, 무엇이 가장 다를까?

　방송 PD는 어떤 장르의 프로그램을 만드는지에 따라 크게는 5가지 정도로 나눕니다. 드라마, 예능, 시사교양, 스포츠, 그리고 라디오 PD가 대표적이죠. 물론 요즘 시대는 더 세분화되었습니다.

　교양과 예능만 비교해서 살펴보면, '크로스 오버'라고 해서 교양과 예능이 섞여 있는, 장르가 혼재하는 프로그램도 굉장히 많습니다. jtbc의 〈썰전〉은 예능일까요, 교양일까요? 예능국에서 만든 프로그램이었습니다. 제가 했었던 〈한밤의 TV연예〉는 교양국 소속 프로그램이었습니다.

　그래서 이 비교는 좀 더 본연의 시사교양 프로그램, 본연의 예능 프로그램다운 것들에 해당되는 얘기입니다. 예를 들면 〈그것이 알고 싶다〉와 〈런닝맨〉처럼 말이죠. 그렇다면, 시사교양 PD와 예능 PD는 어떤 점이 가장 다를까요? 제가 생각할 땐 '작가적 관점'과 '디렉터적 관점'의 비중 차이인 것 같습니다. 전자의 양이 좀 더 많은 게 시사교양, 후자의 양이 좀 더 많은 것이 예능이라는 말입니다.

〈그것이 알고싶다〉를 제가 해보지는 않았지만, 곁에서 일하는 것을 보면서 느낀 점을 토대로 보면, 선정된 아이템(주제)에 대한 집요한 취재와 탐구가 가장 핵심이었습니다. PD는 프로그램을 통해 시청자에게 전달하고자 하는 메시지를 명확하게 정리해 담아야 합니다. 그 파급력은 무척 크죠. 때문에 그 메시지들은 보편적이고, 치우치지 않으며 올바르고 정의로운 시각이 담겨야 할 겁니다.

1차적으로 내가 다루는 아이템에 대한 배경과 개요를 잘 파악하여야 합니다. 그리고 그것이 진행된 스토리, 또는 그것의 비하인드 스토리를 잘 펼쳐서 논리적으로 보여주어야 하죠. 또한 새롭게 취재되어 밝혀진 사실들을, 궁극적으로 전달하고자 하는 메시지를 뒷받침할 수 있게 잘 나열하여야 합니다. 그래야 시청자들이 그 시사점을 잘 파악하고 공감하겠죠. 다큐멘터리 장르도 마찬가지라 생각합니다. 자신이 프로그램을 통해 보여주고자 하는 주제에 관한 면밀한 관찰과 기록이 우선입니다. 이후 보기 좋고, 이해가 쉽게 나열되어야 합니다. 따라서 시사교양 PD는 작가적 관점이 뛰어난 사람이 프로그램 제작을 잘하는 것 같습니다.

반면 본연의 예능 프로그램들은 주로 연예인과 호흡하며 재미있는 것을 만들어냅니다. 때문에 예능 PD의 경우는 많은 출연자와 스태프를 잘 이끌어가면서 때로는 잘 통솔하고, 대화하며 프로그램을 만들어가는 게 중요합니다. 〈런닝맨〉의 일반적인 촬영 현장은 연예인들뿐 아니라, 카메라, 조명, 작가 등 100여 명의 스태프가 참여하는 곳입니다. 이처럼 엄청난 인원을 이끌고 촬영을 해나가야 하죠. 때로는 그날 촬영이 원하는 대로 안 될 경우도 많습니다. 그럴 때는 그 상황을 빠르게 잘 판단해서 유연한 결정을 해야 합니다. 그래야 최선의 결과물을 만들어낼 수 있을 테니까요. 그게 바로 메인 PD의 역할입니다. 그저 '오늘 녹화는 재미없고 안 풀리네, 어쩌지?'라며 내버려둘 수는 없습니다.

때문에 시사교양 PD는 마치 골프 선수 같아요. 탐사, 고발 프로그램이나 다큐멘터리 프로그램을 제작할 때 보면 메인 PD 홀로 깊은 고민을 헤쳐 나가고 있는 광경을 목격할 수 있습니다. 그래서 마치 외로이 필드를 전진하는 골프 선수 같습니다. 이에 반해 예능 PD는 축구 감독 같습니다. 축구 감독은 경기가 원하는 대로 잘 안 풀리고 있을 때 즉각적으로 전술을 조정하거나 선수를 교체해야 하죠. 마찬가지로 예능

PD도 프로그램 제작 시 유연해야 하고, 순발력 있게 판단해야 할 경우가 많이 있기 때문입니다.

'니쥬'와 '오도시'의 세계

무려 심형래, 최양락, 이영자 등을 비롯한 기라성 같은 코미디언들이 함께한 특집 방송 〈개그대축제〉에 배정되었다. 예능으로 이동한 지 얼마 되지도 않았는데 아마도 거의 모든 예능 PD들이 한 번쯤은 하고 싶어 한다는, 하고 싶어도 쉽게 할 수 없다는 장르인 코미디를 경험하게 된 거다.

메인 PD는 코미디를 여러 번 연출했던 경험 많은 선배였다. 예능국이 낯설었던 것처럼 코미디는 또 다른 '신세계'였다. 코미디 프로그램의 제작 과정은 매우 독특했다. 일단 대본을 코미디언이 직접 짰으니까. 그 아이디어를 1차적으로 검증해주는 사람이 바로 코미디 PD인 것이다. 중학생이었다가 갑자기 고등학생이 된 것 같았다. 웃음을 위해 사용할 여러 소품을 준비하고, 세트를 그리고, 대본을 완성해가는 과정은 모든 게 새로웠다. 등촌동 공개홀에서 진행된 공개 녹화를 무사히 끝내고 코미디 편집을 배웠다. 며칠 밤을 새우며 특집 방송 예고를 이렇게 저렇게 만들어보길 수십 번 반복했다. 이후 나는 〈웃음을 찾는 사람들〉 조연출이 되었다. 〈개그대축제〉는 1회성 특집이었지만, 운 좋게도 정규 코미디 프로그램 〈웃찾사〉에 배정된 거다.

예능 안에는 많은 장르가 있다. 버라이어티, 코미디, 쇼, 토크, 시트콤 등등. 이 중 어떤 장르가 가장 하고 싶냐고 예능 PD들에게 물으면 과연 어떤 걸 제일 선호할까? 아마도 쇼 프로그램과 코미디 프로그램을 꼽는 사람이 많을 것이다. 왜냐하면 쇼와 코미디는 예능에서만 할 수 있는 유니크한 장르이기 때문이다. 게다가 워라밸도 어느 정도 있어서 일석이조다. 예능국 내 쇼 프로그램과 코미디 프로그램의 위상은 그리 크진 않다. 물론 〈웃찾사〉가 시청률 30%을 기록하며 방송가를 호령하던 때도 있긴 했지만 예능국의 메인은 '주말 프로그램'이다. 지금 하고 있는 〈런닝맨〉이나 〈1박 2일〉, 〈복면가왕〉 같은.

보통 주말 예능 프로그램은 버라이어티 프로그램인

경우가 많다. '버라이어티'라 그런지 이름값 좀 한다. 버라이어티 PD의 삶도 정말 '버라이어티'해진다. 버라이어티 PD는 일단 자기 사생활은 잠시 포기해야 한다. 예능 프로그램들 중 가장 노동 강도도 세고, 스트레스도 많은 편이다. 그래서 그런지 재미있게 일하면서도 조금 덜(?) 스트레스 받는, 워라밸도 어느 정도 있는 쇼나 코미디 프로그램은 예능 PD들의 1순위 희망지다. 당시 나는 그런 사실을 잘 알 리 없었다. 그냥 가라니까 코미디로 향했고, 우연히 좀 더 하게 됐다. 어차피 PD도 까라면 까야 되는 직장인 아니던가.

이렇듯 영문도 모르고 진입하게 된 코미디라는 새로운 세계. 코미디는 위계질서가 강한 곳이다. 까부는 거라면 1등일 사람들이 다 모인 곳이라 그럴까. 코미디언이 되려면 방송국의 코미디언 공채를 거쳐야만 했다. 그래서 선배 후배 간 기수 문화가 강하다. 그런 코미디언들의 90도 인사, '감독님'이란 호칭은 매우 낯설었다. 호칭은 '감독'이라지만 모든 게 처음인 나는 그저 아무것도 모르는 구경꾼이었다. 코미디가 만들어지는 모든 것이 신기한 구경꾼.

이 세계는 들리는 언어도 달랐다. 방송계에는 일본어에서 파생된 요상한 은어들이 많다. 코미디 쪽도 그렇다. 내가 처음 왔을 때 가장 많이 들었던 말은 '시바이', '니쥬', '오도시' 같은 생전 처음 접하는 단어들이었다. 코미디언들이 새로 짜 온 코너를 PD와 작가들이 지켜보는 '검사방'에서는 '오도시가 없다'든지, '니쥬가 너무 길다'든지 하는 말들이 자주 출현했다. 이들을 우리말로 바꿔 보면 '시바이'는 재미있는 부분, '니쥬'는 '오도시'를 위해 깔고 가는 부분, 즉 그 '오도시'를 뒷받침하는 부분이고, 대망의 '오도시'는 가장 웃긴 얘기를 뜻하는 말이라 할 수 있겠다. 그래서 '오도시가 없다'는 말은 '웃기지 않다, 웃긴 부분이 약하다'는 뜻이다.

〈웃찾사〉는 보통 금요일에 공개 녹화를 했다. 그래서 코미디언들에게는 매주 토요일 정도만 빼고는 매일매일이 늘 새로운 웃음을 위해 절실히 고민을 하는 시간이자 생계를 위한 대책을 마련하는 시간이었다. 공개 녹화가 끝나고 나면 바로 '생사'가 갈린다. 어떤 코너를 계속할 지, 어떤 코너를 내릴지 결정이 되기 때문이다. 코미디언들은 보통 주말을 이용해서 대학로 소극장 같은 곳에서 자신들의 아이디어로 짠 새로운 개그 코너를 선보이곤 했다. 거기서 현장 점검을 먼저 해보는 거다. 그 현장에서 나오는 관객들의 반응을 통해 다시 코너를 다듬고, 〈웃찾사〉 작가들과 대본을 정리하고 나면 '검사방'이라고 불린 등촌동 공개홀 4층 〈웃찾사〉 사무실 안의 방으로 입장한다. 메인 PD와 작가들이 코너를 무대에 올릴 수 있을지 말지를 결정하는 가장 긴장되고 중요한 순간이다. 이 방에서 채택된 코너는 〈웃찾사〉 공개 녹화 무대에 올라간다. 그렇다고 〈웃찾사〉 방송에 100% 나가는 건 아니었다. 혹여나 통편집 될 수도 있었기 때문이다.

이미 한창 인기리에 방송 중인 코너를 하고 있는 코미디언들은 한결 여유로워 보였다. 하지만 대부분은 〈웃찾사〉 출연이라는 방송의 꿈을 안고, 스타가 되겠다는 희망으로 매번 새로운 개그 코너를 준비해서 '검사방'을 들락날락하고 있었다. 코너를 열심히 준비했어도 방송되지 못하면 출연료도 받지 못했다. 이처럼 등촌동은 코미디언들에게 자신들의 수입과 직결된 생존터나 마찬가지였다. 늘 웃음이 가득하고 떠들썩했지만, 그 뒤엔 보이지 않는 간절함이 공존했다.

메인스트림에 올라타다

입사 전 일이다. SBS 입사일은 한창 학기 중인 10월 1일로 정해졌다. 그래서 나의 대학 마지막 학기인 4학년 2학기는 유명무실해지고 말았다. 졸업은 해야 했기에 2학기 수강 신청을 마치고 나서 담당 과목 교수님들께 사정을 말씀드려야 했다. 이른 입사로 인해 10월부터는 수업 출석에 좀 지장이 있겠지만, 과제와 시험은 다 하겠다고 양해를 구했다. 교수님들은 내가 PD가 되었다는 소식에 놀란 반응을 보이셨다. 전자공학 전공이었으니, 그런 반응이 당연하긴 했다.

"방송국 PD라고? 기술직이 아니라?"

다들 의아한 반응 속에서도 축하를 해주셨다. 그중 한 교수님이 이런 말씀을 덧붙이셨다.

"그러면 어떤 PD가 되는 건가?"

"아, 아직 잘 모르겠습니다. 신입사원 연수 끝나고 정해진다고 합니다. 예능을 희망하긴 하는데 스포츠도 생각하고 있긴 하고요."

"그렇군. 그래도 이왕이면 메인스트림으로 가야지."

"(메인스트림?)…아 네. 알겠습니다. 감사합니다."

'메인스트림'이 뭘 의미하는지도 모르면서 덜컥 알겠다고 대답했다. 방송국 PD의 '메인스트림'은 뭘까?

나중에 몇 년이 지나고 나서 그 '메인스트림'이 무언지 조금은 알게 되었다. 예능국의 메인스트림은? 앞서 살짝 언급했지만 다름 아닌 '주말 프로그램'이다. 토요일과 일요일 저녁, 각 방송국의 예능국들이 가장 치열한 시청률 격전을 벌이는 바로 그곳. 내로라하는 대한민국의 톱 연예인들이 출연하고, 그들은 시청자들의 즐거운 주말을 위해 온몸을 불사른다. 예능국 PD들 중에서도 가장 경쟁력 있는 인력이 투입된다. 프로그램 제작비 역시 가장 규모가 크며, 동시에 방송국의 수익을 좌우하는 핵심 프로그램들이다. 이런 주말 프로그램이 바로 예능의 '메인스트림'이었다. 교수님이 말한 그 뜻을 몇 년 뒤에나 알게 된 거다.

'입봉'을 목전에 두고 있던 조연출 말년의 나는 그 '메인스트림'에 입성하게 된다. 당시 새로 시작한 〈골드미스가 간다〉라는 프로그램에 배정된 것이다. MC는 신동엽, 노홍철, 신정환. 그야말로 당대 특급 예능인들이었고, 고정 멤버는 프로그램 제목처럼 '골드미스'였던 양정아, 박소현, 송은이, 예지원, 장윤정, 신봉선이었다. 프로그램은 멤버들이 '골드미스 하우스'라고 불린 공간에서 지내며 MC들과 함께하는 여러 가지 미션을 통해 맞선권을 획득, 맞선권을 따낸 멤버는 엄선된(?) 맞선남들인 '골드미스터'와 맞선을 보는 방식이었다. 향후 이루어지는 선택에 따라 데이트를 했다.

최종 선택의 시간은 녹화 때마다 곤욕이었다. 연예인과 맞선남이 장시간의 고민을 했기 때문이다. 온 국민에게 다 보이게 되는 남녀관계란 참으로 부담되는 일이었기에, 어쩌면 당연했다. 강추위가 몰아쳤던 어느 날엔 그들의 결정이 너무 늦어져 세 시간 정도를 매서운 바람이 부는 바깥에서 마냥 기다린 일도 있었다. 그날은 내 인생에서 손꼽는 추위에 대한 기억으로 남아 있다. 하지만 그 기약 없는 기다림 속에서 제작진이 할 수 있는 건, 기왕이면 조금 더 선택을 빨리 하면 어떠냐는 정도의 조언 말고는 없었다. 그들은 진심이었고, 정말 '리얼'하게 그 선택을 방송해야 했기 때문이다.

프로그램은 멤버의 교체를 거치며 2년 정도 이어졌다. 결국 프로그램을 통해 우리가 바랐던 '골드미스 탈출'이 이루어지지는 않았다. 물론 실제로 관계가 어느 정도 발전했던 커플들도 있긴 했다. 그런데 제일 화제가 되었던 일은, 멤버들 사이에 생긴 '진짜 러브라인'이었다. 출연자끼리 '눈이 맞아' 실제 커플이 되었었다. 얄궂게도 그 에피소드를 다루었던 편들이 시청률도 가장 높았다.

〈골드미스가 간다〉는 예능 PD인 나에게 큰 의미가 있는 프로그램이다. '메인스트림'인 주말 예능에 입성했을 뿐만 아니라 '버라이어티'라는 장르를 처음 접하게 해준 프로그램이기 때문이다. 이 프로그램을 할 때 배운 것들이 지금까지도 나를 먹고 살게 하는 중요한 밑천이 되었다. 장시간의 회의를 통해 여러 가지 재미있는 게임을 만드는 법부터 게임을 하기 위해 준비하는 과정, 또 게임이나 미션이 잘 될지 미리 테스트해보는 시뮬레이션도 새로웠다. 그에 따른 버라이어티 편집도 그간 해오던 편집

과는 또 달랐다.

　이처럼 〈골미다〉는 내가 게임 버라이어티의 기초를 다 잡게 된 프로그램이다. 이때의 경험이 후에 〈런닝맨〉을 할 때 매우 큰 도움이 되었다. 특히 〈골미다〉를 통해 만난 연예인들, 매니저들과는 10년이 넘은 지금까지도 친밀한 관계를 유지하고 있다. 많은 시청자들의 기억에 남아 있을지는 모르겠지만, 나에게는 여러모로 소중한 프로그램이다.

PART 3

시간을
지배하는 자

커리어 대표작과 유느님

'입봉'이란 조연출에서 연출이 된다는 의미의 방송가 은어다. 쇼 프로그램으로 이동해서 조연출을 조금 더 할지, 아니면 바로 입봉해서 연출로 다른 프로그램에 투입될지 하는 결정이 필요한 순간이 왔다. 나는 입봉을 선택했다. 그렇게 '조연출' 딱지를 떼고 공동 연출로 〈런닝맨〉에 합류하게 되었다. 〈런닝맨〉은 당시 큰 화제를 모으며 막 시작한 신생 주말 예능 프로그램이었다.

10년이 훌쩍 지난 지금까지도 '현재 진행형'인 그야말로 SBS의 초 장수 주말 인기 예능 프로그램이 된 〈런닝맨〉. 나의 예능 PD 커리어를 돌아보면 가장 많은 시간을 함께한 프로그램이자, 나에게 가장 많은 것을 안겨준 프로그램이다. 초창기 〈런닝맨〉 제작진은 〈X맨〉, 〈패밀리가 떴다〉 등 SBS 최고의 버라이어티 프로그램을 제작했던 스타 PD들과 작가들로 구성되어 있었다. 그만큼 '최고'라는 자부심이 넘쳤고 실력들 역시 출중했다.

가장 치열한 시간대, '메인스트림'에 올라탄 부담은 컸다. SBS 예능국에서 가장 '잘하는' 사람들이 모여 있던 곳이다. 게다가 첫 연출 타이틀 아닌가. 다시 한번 '일단 잘 버텨보자' 생각했다. 한편으로는 기대감도 들었다. PD로서 더욱 성장할 수 있는 기회였고, 무엇보다 명실상부 대한민국 최고의 예능인인 '유재석'을 만난다는 점도 날 설레게 했다.

이제는 편하게 호형호제하는 사이가 된 재석이 형은 늘 놀랍고, 존경스러운 사람이다. 항상 웃음에 대해 고민하고, 새로운 시도를 좋아하고 두려워하지 않으며, 날카로운 시선으로 늘 제작진을 긴장하게 한다. 내가 처음으로 이 형에게 놀라게 되었던 건, 알게 된 후 그리 오래지 않아서였다.

〈런닝맨〉에 합류하고 얼마 안 된 초가을 한 촬영 현장이었다. 그날 나는 재석이 형 담당이라, 녹화 내내 붙어 있게 되었다. 잠시의 정비 시간 동안 여느 때처럼 이런저런 가벼운 얘기들을 나누며 한쪽에 대기 중이었다.

"아, 담배를 진짜 끊어야겠어."

"그러니까요, 저도 얼른 끊어야 하는데… 잘 안 되네요."

"아무래도 바로 끊어야 될 거 같아. 내가 조금이라도 더 도망가다 잡혀야지 그게 웃긴 거잖아. 얼른 끊어야겠어."

예상치 못했던 대화 전개에 잠시 멍해졌다. 당시 〈런닝맨〉에는 '방울 숨바꼭질' 게임이 등장했고, 팬들 사이에서 점점 재미있다는 반응이 나오고 있는 중이었다. 이 '방울 숨바꼭질' 게임을 발판으로 (개인적으로 리얼 예능 버라이어티 역사상 최고의 게임 중 하나라고 생각하는) '이름표 떼기' 게임이 탄생하게 된 것이다. 재석이 형과의 그 짧았던 대화로 나는 '뼈를 맞은' 기분이 들었다. 매 순간 '빅재미'를 위한 생각을 하는 사람. 조금 더 도망가고, 조금 더 안 잡히고 버텨야 더 웃기다는 것을 본능적으로 알고 있는 사람.

'본투비 예능인이란 바로 이런 건가?'

그날 이후, 재석이 형은 정말로 단칼에 끊어버렸다. 그래서일까? 이후 녹화에서 재석이 형은 더 멀리 도망가고, 더 오랫동안 버텼던 것 같다.

　평소 내가 보아온 재석이 형은 '저렇게 살면 답답하지 않을까?'라고 생각될 만큼 자제와 절제의 아이콘이다. 이미 그 삶이 너무 익숙해 보이기도 한다. 자기의 생활을 오직 지금 하는 프로그램들과 '웃기는 것'에 맞추어 살아간다. 그러면서 동시에 늘 겸손하고 항상 조심하고 배려한다. 그 덕목들이 그냥 몸에 배인, 국민들이 생각하는 바른 이미지 그냥 그 자체다. 참 대단한 형님이다.

대한민국 예능의 양대산맥, 유강산맥

굉장히 조심스럽습니다. 이분들에 대한 얘기를 꺼낸다는 것이.

하지만 대한민국 예능의 투톱 유재석, 강호동과 모두 일을 해본 예능 PD는 정말 몇 명 안 될 것이기에 이 두 분에 관한 얘기를 좀 더 해볼까 합니다.

앞에서 유재석 형에 대한 얘기는 좀 했으니 이번에는 강호동 형님에 대한 얘기를 살짝 해보겠습니다.

강호동 형님과는 퇴사 후 드디어(!) 〈위플레이〉라는 프로그램에서 처음 만나 일을 했습니다. SBS 시절, 탄현제작센터에서 〈스타킹〉 MC를 하던 강호동 형님을 목격하고 위풍당당 엄청난 체구와 포스에 정말 잠시 얼어붙었던 적이 있었습니다. '저게 바로 천하장사구나…!' 한 거죠. 그런데 세월이 좀 많이 지나 만나게 되었습니다. PD를 시작한 지 거의 16년이 지나고서야 말이죠.

〈위플레이〉는 게임을 소재로 좀 더 젊은 감각을 지닌 게임 버라이어티를 지향했습니다. 하지만 야외 버라이어티의 고정 멤버들을 리드해가며 기획한 의도대로 끌고 나갈 수 있는 예능인은 많지 않다고 생각합니다. 그에 딱 맞는 분은 역시 강호동 형님이었습니다. 때론 합심하고, 때론 엉뚱하게 우격다짐으로 게임 세계를 돌파해나간다는 프로그램의 기획 의도에 맞물려 그가 떠오른 것은 어찌 보면 당연했죠. 다행히 일면식 없는 저를 믿고 프로그램을 선택해주셨습니다. 제가 이제 할 일은 잘 준비해서 잘 만드는 일뿐이었죠.

강호동 형님은 이전 여러 번 일을 같이 해보았던 유재석 형님과는 확실히 다른 스타일입니다. 굳이 말하자면 강호동 형님은 결정까지의 시간이 정말 어려웠습니다. 그런데, 결정하고 나면 의심보다는 기획하고 연출하는 대로 믿고 맞춰주며 플레이를 하는 스타일입니다. 그러면서 다른 연예인들이 방심할 수 없을 정도의 엄청난 에너지를 현장에서 내뿜죠. 같이 프로그램을 하는 연예인들은 그야말로 그의 압도적인 에너지에 휩쓸리게 됩니다. 그래서 어느새 녹화 현장에서 나도 모르게 몸 바쳐 열심히 하고 있는 자신을 발견하게 됩니다. 이것이야말로 강호동 형님의 엄청난 장점입니다. 프로그램이 제작되는 중간 중간에도 끊임없이 따져보며, 때론 치열하게 토론하며, 설득하며 해나갔던 재석이 형과는 다른, 그만의 장점이었죠. 강호동 형님은 프로그램에서 본인이 해야 할 특정 상황에 대한 파악만 되고 나면, 정말 우직하게 그 역할을 수행하면서 다른 연예인들을 에너지 넘치게 끌고 나가는 스타일입니다.

이처럼 두 분은 확고하게 다른 스타일을 지닌 최고의 예능 MC들이지만, 공통의 강력한 장점이 있습니다. 바로 새로운 것에 대한 도전을 절대로 두려워하지 않는다는 것. 아니 오히려 항상 도전을 원합니다. 새로운 콘텐츠와 인물에 대한 궁금증으로 가득하고, 그 공부를 게을리 하지 않습니다.

아무래도 톱의 위치는 아무나 유지할 수 있는 것이 아니겠지요?

날 살린 태국

어렵게 탄생한 〈런닝맨〉의 시그니처 코너 '이름표 떼기 추격전'은 매회 괜찮은 반응을 보이고 있었다. 그러나 문제는 반응만큼 나오지 않는 시청률이었다. 매번 룰도 다르고, 멤버들 간의 대화보다는 피지컬한 액션 위주였기에 여러 세대에게 소구하기는 어려웠던 모양이다. 이름표 떼기를 통해 실마리를 찾으려던 우리는 아직 '히트' 하지 못한 채 1년여의 시간을 흘려보내고 있었다.

"우리 이 정도면 이제 그만해야겠지?"

메인 연출이었던 조효진 선배가 나와 내 동기에게 심각한 표정으로 말했다. 방송국에서의 성과 측정 지표는 뭐니 뭐니 해도 시청률이다. 〈런닝맨〉의 시청률은 10% 언저리에서 될 듯 말듯 답보 상태를 지속해왔다. 그런데 2011년 봄이 지난 시점에 급기야 6~7%까지 떨어졌다.

아무래도 겨울 방학 시즌이 끝나고 영향을 받은 것 같았다. 우리의 주 시청층은 10대에서 20대였다. 또한 매번 프로그램이 탄력을 좀 받는 기미가 보일 때면 상대 프로그램들 역시 가만히 있지 않았다. 대규모의 기획성 특집으로 맞불을 놓곤 했다. 이 때문에 쉽사리 상승세를 탈 수 없었다.

그래도 그 와중 다행인 것은 멤버들의 합이 안정되면서 프로그램 내 멤버들의 캐릭터가 확고하게 자리 잡아가고 있다는 점이었다. 매주 방송되는 버라이어티 프로그램은 일상성이 무엇보다 중요하다. 확고히 형성된 캐릭터와 멤버 간의 관계는 그 프로그램만의 스토리로 파생, 확장되고 그 프로그램의 생명력이 된다.

짧지 않은 1년여 동안 일요 예능이란 가장 치열한 전쟁터에서 고전하고 있었지만 메인 MC 유재석은 웃음에 있어 여전히 독보적이었다. '유혁', '유임스본드' 등의 캐릭터를 창출하며 영민하게 본인의 역할을 잘 생성하고 잡아나갔다. 힘의 상징 '능력자' 김종국은 기꺼이 유재석의 대척점이 되어주었다. 또한 예능 베테랑 '하로로' 하하와 '왕코형님' 지석진 형은 프로답게 빈틈을 메우는 자신들의 역할을 잘 해주고 있었다. 예능 초보였던 이광수는 '배신 광수', '막말 광수' 캐릭터로 예능계 스타가 되었고, '음유 시인' 래퍼 개리와 '에이스' 송지효의 은근한 가상 러브 라인인 '월요커플' 역시 재미와 반응을 끌어내고 있었다. 거기에 더해 드라마계 최고의 라이징 스타 꽃미남 '열정 가이' 송중기와 독특함으로 재미를 주던 리지까지. 캐릭터들이 자리를 잡아가자 프로그램 마니아도 늘어났다. 특히 어린 시청자들 사이에서 인기가 있었고, 학교나 놀이터 등에서 아이들이 이름표 떼기 놀이를 한다는 소식을 접하기 시작했다. 조만간 뭔가 될 것 같은 좋은 분위기이긴 했는데, 터지지가 않았다.

이런 상황이 계속되자 참을성 없는(?) 회사 내부에서는 '기다려줄 만큼 기다렸다'는 듯 매주 이런저런 비판들을 쏟아냈다. 게다가 〈런닝맨〉이 시작될 때 전폭적으로 지원하고 지지해주셨던 본부장님도 교체되는 악재가 발생했다. 2011년 봄, 우리 팀 분위기는 그야말로 최악이었다. 예능국에서 가장 많은 제작비를 쓰는 프로그램, 가장 유명한 연예인들이 출연하는 프로그램인 만큼 다들 큰 성과를 기대했기 때문이다.

시간이 별로 없었다. 우리는 해외로 나가보기로 했다. 엄청난 제작비, 연예인들의 일정 조율, 우리의 제작 스케줄 조정 등 수많은 어려움이 발생할 것이 뻔하지만 회심의 무엇이 절실하게 필요했다. 우리가 친 배수진은 바로 런닝맨의 첫 해외 촬영, '태국 특집 레이스'였다. 만약 이 특집편마저 잘 안 된다면 종영은 현실이 될 수도 있었다. 〈런닝맨〉 멤버들 역시 이 분위기를 잘 알고 있었다. 그래도 우리는 평소처럼 재미있게 잘 찍고 오자고 다짐했다. 게스트는 닉쿤, 그리고 배우 김민정이었다.

결전의 날이 왔다. 인천에서 출발한 지 몇 시간, 'Win or Go home'을 결정 지을 태국 방콕에 도착했다. 입국장을 나가면 바로 촬영 시작이었다. 방콕 시내 여러 곳에 준비된 장소마다 미리 가 있는 제작진과 연락하며 상황을 체크하고 있었다. 그런데 순간 분위기가 요상해졌다.

"지금 밖에 난리 났어. 빠르게 주차장 쪽으로 빠져나가야 될 거 같아요."

"응? 난리라니? 무슨 사고라도 났어? 누가 또 들어오나?"

"잘 모르겠어요. 사람들이 엄청 모였대요, 공항에. 일단 이쪽으로."

무슨 일인지는 모르겠지만 일단 공항을 잘 빠져나가야 했다. 다들 어리둥절하며 입국 게이트 쪽으로 향했다. 문이 열리자 말도 안 되는 광경이 보였다. 몇백 명도 아닌, 수천 명은 족히 넘어 보이는 수많은 인파가 그 큰 공항 입국장을 층층이 가득 메우고 있었다.

"저 사람들 뭐야 진짜? 왜 저렇게 모여 있는 거야?"

나를 비롯해 우리 모두가 영문을 알지 못하던 바로 그 순간.

"꺄아아아아아악-"

갑자기 엄청난 괴성이 울려 퍼졌다. 바로 눈앞에 보이는 엄청난 인파가 일제히 소리를 질렀다.

"재석! 종국! 하하! 광수!"

그들은 우리 〈런닝맨〉 멤버들의 이름을 목 놓아 외치고 있었다. 보고 듣고 있으면서도 정말 믿을 수가 없었다. 첫 해외 촬영, 동남아시아 태국 방콕에서 우리 멤버들의 이름들이 불리고 있다니. 공항에 잔뜩 모인 현지 팬들은 멤버들의 이름, 프로그램 내 별명들이 새겨진 플래카드를 세차게 흔들어대고 있었다. 또박또박 한글로 써

놓은 플래카드들이 꽤 많이 보였다. 우리는 다들 어안이 벙벙했지만 이내 살며시 손을 흔들며 화답했다. 함성은 더욱 커져 공항은 그야말로 폭발 직전이었다.

"광수~! 광수~!"

유난히 큰 키를 자랑하는, 유독 눈에 잘 띄는 멤버 '기린' 광수의 이름이 엄청나게 울려 퍼졌다. '아시아 프린스'의 전설이 이때부터 시작되었다. 공항에 모인 팬들은 심지어 방송에 노출되었던 스태프—VJ(카메라맨), FD, PD들—의 이름까지 외치고 있었다. 런닝맨의 세세한 부분들까지 하나하나 다 알고 있었다.

"와… 이게 정말 무슨 일이야. 저게 다 우리 팬들이라고?"

"그러니까 말야. 이거 몰카 아니지? 진짜인 거지?"

놀란 마음을 추스르지 못한 채 현지 경호 인력에 둘러싸여 공항 주차장으로 빠져나왔다. 다들 한숨을 내뱉고는 차에 올라탔다. 그제서야 조금 정신을 차릴 수 있었다.

"정말 우리 팬들이 맞았던 거지?"

전혀 예상하지 못했던 타국에서의 특급 환대. 이따금 입소문을 탄 〈런닝맨〉이 해외 팬들 사이에 꽤 알려졌다고 들은 바는 있었다. 그런데 우리가 본 광경은 소문 그 이상의 장면이었다. 정말 무슨 할리우드 스타도 아니고 이 정도일 줄이야. 이렇게 떠들썩하게 시작 된 태국에서의 촬영은 가는 곳마다 화제를 뿌렸다. 우리가 묵었던 숙소 근처는 팬들로 인산인해를 이루었고, 촬영 장소로 이동할 때마다 우리를 따라오는 택시와 자동차들이 있었다. 촬영을 하면서도 몰려든 인파로 꽤 고생을 했다. 현지 매체들 역시 엄청난 주목을 하며 우리의 인기에 대한 기사를 쏟아냈다.

'(닉)쿤이 때문인가?'

귀국길에도 공항에는 현지 팬들이 가득했다. 끝까지 제대로 '할리우드 스타 놀이'를 했다. 우리 모두에게 정말 새로운 자극이었다.

'왔구나….'

불과 몇 시간 후 다시 한국에 도착했다. 거짓말처럼 맞이하는 사람 하나, 기자 한 명 없었다. 바로 꿈에서 깼다.

"야. 하하하. 아무도 없어. 광수야, 이게 현실이야!"

아무 일 없다는 듯 평화롭고 한산했던 인천 공항. 지석진 형이 광수에게 이 말을 하자마자 우리는 모두 빵 터졌다. 정말 웃펐다. 마치 꿈 같았던 해외 촬영이 끝났다. 이제는 빠르게 현실로 돌아와야 했다. 해외 촬영분을 잘 편집해서 재미있게 잘 만들어야 했다.

매주 월요일 새벽 6시 40분. 주말 프로그램들의 시청률 성적표가 뜨는 시간이다.

"…와! 13.3%!"

2주 전까지만 해도 시청률이 한 자리대에 머물렀다. 그런데 태국 특집 1편이 그해 최고 시청률을 기록한 거다. 태국 특집 방송에 담긴 현지에서의 폭발적 반응이 엄청난 화제가 되었다. "〈런닝맨〉 인기가 이 정도?"라며 수많은 기사들이 쏟아졌다. 이 특집 이후로 '초딩맨'이라 놀리며 잘 보지 않던 시청자층도 꽤 유입이 되기 시작했다.

50회 특집이었던 태국 촬영. '이것만 하고 그만해야 하나' 하는 절박한 심정으로 했던 우리의 첫 해외 촬영 방송분은 마침표가 아닌 변곡점이 되었다. 〈런닝맨〉 방송 시작 1년여 만에, 본 방송 시청률은 드디어 본격적인 상승세를 타기 시작했다.

먹PD의 시작과 레전드 특집

　프로그램이 인기를 얻자 어쩔 수 없이 방송에 노출된 PD나 스태프도 덩달아 유명세를 치렀다. 내 〈런닝맨〉 아이덴티티이자 별명인 '먹PD'도 이 시기에 탄생했다. 김수로 씨와 박예진 씨가 게스트로 출연한 촬영이었다. 그때 나는 한 시장에서의 미션을 담당했다. 평소 나는 미션을 진행할 때 카메라가 있음에도 그냥 뻔뻔하게 내 할 말만 하고 봐주는 것 없이 건조하게 진행하는 편이다. 연예인 기에 눌려 호락호락하게 대하면 재미가 떨어진다. 그날도 난 빡빡한 진행을 했고, 박예진 씨가 처음 본 내 빡빡함에 기가 막혀 했다. 슬슬 화가 나는 게 보이고 있었다. 때마침 그런 좋은 먹잇감을 놓칠 리 없는 재석이 형이 등장했다.

　"아우 열 받네. 정말 멱살 잡고 싶네. 예진아 그냥 얘

멱살 잡아!"

"어우, 그럴까요?"

〈패밀리가 떴다〉에서 보여주었듯 예능감 넘치는 박예진 씨는 재석이 형의 말이 끝나자마자 바로 내 멱살을 잡아버렸다. 너무 빡빡하게 하는 거 아니냐고 잔뜩 화를 내면서. 이때부터 '멱살 잡고 싶은 PD', 줄여서 '멱PD'가 시작되었다. 이후 〈런닝맨〉에서 나는 내 이름이 아닌, 김PD도 아닌 멱PD라 불리게 되었다.

전성기에 올라탄 그해 12월에 지금까지도 회자되는 '대박 특집'도 탄생했다. '초능력자 특집'이라 불리는 '제1회 런닝맨 최강자전 특집'이다. 〈런닝맨〉은 그 안에서 무엇이든 할 수 있는 버라이어티 프로그램이었지만 '초능력자 특집'을 기획할 때는 우리도 확신이 없었다. 방송에서, 그것도 매주 방송을 제작하고 있기 때문에 시간 관계상, 그리고 비용상 구현이 어려울 판타지적 요소를 결합하는 게 과연 될까 하는 의문이 있었다. 그렇지만 이 새로운 시도를 해보기로 결정했고, CG팀을 믿기로 했다. CG팀의 입이 삐죽 나올 게 뻔히 예상되었지만 크리스마스에 방송될 특별한 특집이 필요했다.

시간을 되돌리느라 힘겹긴 했다. 하지만 결과가 너무 좋았다. '초능력자 특집' 편은 그 유치함과 오그라듦, 그 안의 진지함까지 멤버들이 잘 살려준 덕분에 또 하나의 레전드 회차가 되었다. 처음에 "정말 이거 할 거야? 이렇게 하라고? 진짜 이렇게 하라고?" 민망해하며 되묻던 멤버들은 오히려 녹화 중에 우리보다 더 몰입해서 열심히, 진지하게 했다. 덕분에 현장에 있던 나도 끝없이 오그라들었지만, 촬영을 만족스럽게 잘 마칠 수 있었다.

'초능력자 특집' 기획 단계에서 또 어려웠던 점은 역시나 '능력자' 김종국의 밸런스 정하기였다. 안 그래도 평소 초능력자나 다름없는 그에게 어떤 초능력을 줘야 할지 난감했다. 지방이 '1도' 없는 탄탄한 근육질로 이루어진 몸. 힘이라면 힘, 눈치면 눈치. 이름표 떼기 게임에서 가장 공포스러운 존재. 머리 또한 좋아서 정말 약점이 없는 선수… 아니 연예인이다. 대다수 연예인들이 그렇긴 하지만 이 형이야말로 승부욕이 엄청나다. 그래서 정말 봐주는 게 없다. 물론 오랜만에 출연한 일부 여성 게스트는 차마 힘으로 아웃시킬 수 없어 스스로 포기할 때가 가끔 있는 순정남이기는 하다. 하지만 대부분의 경우는 누구든 압살해버리곤 했다. 능력자의 배경음악 'Beowolf'의 주제가는 그의 캐릭터와 그야말로 찰떡이었다. 음악이 '쿵 쿵' 울리고 화면에 능력자가 등장하면, 공포 그 자체였다.

아무튼 이런 사람에게 대체 어떤 초능력을 또 준단 말인가. 어설프게 약한 능력을 주자니 그도 사실 인간인데 불리하긴 할 것이다. 사실 그보다 항의가 더 두려웠다. "형… 형이 너무 세서 그렇잖아요. 이해해주세요?" 할 수도 없었다. 긴 고심 끝에 정한 그의 초능력은 '원격으로 멤버들의 위치를 파악하는 능력'이었다. 그렇게 능력자를 육감의 소유자로 만들었다.

영혼를 갈아 넣은 CG팀의 수고 덕에 꽤나 만족스러운 완성도가 나왔다. 시청률 역시 잘 나왔다. 허무맹랑했지만 판타지 버라이어티의 시도는 성공적이었고, 의미 있는 마무리를 거두었다.

월드 스타는 역시 월드 스타

〈런닝맨〉을 하며 좋았던 또 다른 점은 특급 스타들을 많이 만날 수 있었던 점이다. 물론 당대 특급 스타들이 매번 알아서 와주신 것은 아니다. 해외 축구를 호령한 박지성 선수 같은 경우, 조효진 PD가 직접 맨체스터로 날아가 섭외를 했다. 에이전트를 통해 어느 정도 조율은 했었지만, 최종 결정은 박 선수 본인이 하기에 바쁜 제작 일정 와중에도 만사를 제치고 다녀온 거다. 섭외는 성공했고, 박지성 선수는 이후에도 〈런닝맨〉에 꽤 여러 번 출연해주었다. 〈런닝맨〉 역사상 최고 시청률을 기록한 편도 박지성 선수가 출연한 편이다.

박지성 선수가 출연했던 중국 상하이 편은 촬영하는 데 난관이 있었다. 박지성 선수의 소속팀 맨체스터 유나이티드 선수들을 비롯해 세계 유명 선수들과 함께하는 자선 축구가 상하이에서 예정되어 있었다. 〈런닝맨〉 멤버들의 출전도 허용되어 상하이로 날아갔다. 자선 축구 경기만으로는 방송을 할 수 없었기에 상하이의 명소 이곳저곳을 박지성 선수와 함께 탐방하며 레이스를 펼치기로 기획했다. 게다가 그곳에는 박지성 선수의 찐친 에브라 선수도 있었다. 상하이 측으로부터 모든 허가를 다 받고 만반의 준비를 했다. 그런데 이게 웬걸. 우리 숙소로 중국 팬들이 어마어마하게 모여들었다. 그리고 예정된 상하이의 각 촬영지에도 팬들이 가득 차 있다는 소식이 들려왔다. 급기야 우리의 촬영이 모두 불허되었고, 우리는 그대로 숙소에 갇힌 신세가 되고 말았다. 자선 축구 일정을 제외하고는 절대로 숙소 밖으로 나가지 말라는 명령이 떨어졌기 때문이다.

결국 우리는 모든 촬영을 호텔 내부에서 하는 것으로 변경했다. 정말 꼼꼼하게 답사를 하고 준비했는데 계획은 물거품이 되었고, 새로운 기획을 급조해야만 했다. 급하게 진행된 호텔 안에서의 촬영이었지만 박지성 선수와 에브라 선수가 정말 열심히 촬영에 임해주었다. 덕분에 즐거운 에너지가 담긴 결과물을 만들어낼 수 있었다.

야구계 슈퍼스타 류현진, 추신수 선수는 런닝맨에 동반 출연했다. 그 당시 추신수 선수는 이미 메이저리그에서 활약 중이었고, 류현진 선수가 과연 메이저리그 진출을 할 것인지가 초미의 관심사였던 시기였다. 녹화 날까지도 메이저리그 입성이 결정 나지 않았던 상태였다. 그런데 마침 녹화 당일, 소속 구단이 류현진 선수의 메이저리그 진출을 드디어 허용하기로 결정했다. 그래서 우리는 실시간으로 그 상황을 함께 나눴다. 이후 류현진 선수 역시 비시즌 한국에 오면 〈런닝맨〉을 매번 함께할 정도로 단골손님이 되었다.

　이렇게 〈런닝맨〉은 수많은 특급 스타들과 함께했다. 그 밖에도 많은 분들이 기억에 남지만 가장 큰 기억으로 남는 별 딱 한 명만 꼽으라면 아무래도 세계적인 액션 배우 성룡이다. 영화 홍보를 위해 잠시 입국할 그를 섭외하기 위해 무척 공을 들였다. 여러 곳의 섭외 경쟁이 치열했는데, 결국 우리가 섭외를 성사시켰다. 그런데 문제는 우리에게 주어진 녹화 시간이었다. 그가 바쁜 일정을 쪼갠 터라 〈런닝맨〉에 단 4시간 정도만 할애했다. 평소한 회차 촬영을 위해 12시간 넘는 촬영을 해왔기에 4시간은 정말 부족했다. 하지만 어쩔 수 없는 상황이었다. 더 밀도 있게 기획하고, 장소 이동을 최소화해야 했다. 촬영 장소는 동대문의 한 시장 쇼핑몰로 결정했다. 그곳은 주로 새벽에 영업하는 곳이라 아침부터는 인적이 없는 거의 텅 빈 상태였기 때문이다. 시간 지체가 발생할 요인이 없어야 했다. 잔뜩 긴장하며 준비된 촬영은 '슛' 소리와 함께 100m 레이스를 시작하듯 일사천리로 진행되었다.

월드 스타는 역시 월드 스타였다. 영화로만 보아왔던 어릴 적 모든 이들의 아이콘 성룡 형님의 관록은 우리를 감탄하게 했다. 고작 4시간여. 그 짧은 녹화 시간 동안 월드 스타 성룡 형님은 자신의 온갖 매력을 남김없이 발산해냈다. 서툰 한국어 몇 마디를 적재적소에 활용하는 탁월한 센스와 망가지기를 두려워하지 않는 소탈함, 그리고 그 누구와도 잘 이야기하고 잘 어울리는 친근함까지 보여줬다. 짧디 짧다고 생각했던 4시간 동안 녹화장을 그야말로 꽉 채우고 가셨다. 멤버들과는 심지어 핀잔까지 주고받는 절친한 형 동생 사이가 되었다. 그는 그렇게 100점짜리 녹화를 마치고 4시간 뒤에 유유히 녹화장

을 떠났다. 마지막 기념 촬영까지 함께하는 여유도 보여
줬다. 이것이 바로 월드 스타의 위엄!

잇츠 쇼타임

쇼 프로그램은 예능 프로그램 중의 꽃이다. 화려한 무대, 크나큰 함성, 멋진 가수들의 퍼포먼스가 어우러지는 즐거운 현장. 〈SBS 인기가요〉로 대표되던 쇼 프로그램의 PD는 보통 새로 프로그램을 연출할 연차가 된 PD가 맡는 게 관례였다. 새 프로그램을 세팅할 때 출연진 섭외에 크게 도움이 되기 때문이다. 〈SBS 인기가요〉 같은 쇼 프로그램의 경우 많은 가수, 매니저들과 자연스럽게 관계를 쌓게 된다. 이때 쌓인 관계는 나중에 섭외 파워로 이어진다. 장장 3년 반의 세월을 꼬박 달렸던 〈런닝맨〉에서 빠지고 일요일 낮 생방송 쇼 프로그램 〈SBS 인기가요〉 연출을 맡게 되었다. 스튜디오, 코미디, 주말 버라이어티를 거쳐서 이제는 쇼 PD까지. 쇼 프로그램은 연출자에게 제대로 '예능 PD의 맛'을 보여주는 분야인 데

다가, 생방송이라 방송이 끝나자마자 탁 털어낼 수 있는 후련함이라는 큰 덤도 있었다.

생방송의 가장 큰 매력은 '후반 작업이 없다'는 점이다. 방송이 끝나면, 말 그대로 끝이다. 생방송을 하고 있는 순간은 극도의 긴장감이 가득하지만, 마지막 타이틀이 방송되는 순간은 이보다 더 후련할 수 없을 정도다. 그 방송이 잘 되었든, 잘 안 되었든 확실한 끝이 있기에 매력적이다.

지금의 K-POP 열풍을 이끈 수많은 아이돌로 대표되는 우리나라 가요 시장, 그 중심에 방송사들의 쇼 프로그램이 있다. 내가 〈인기가요〉를 연출하던 시기는 소위 '3세대' 아이돌이 막 세상 밖으로 나오던 때였다. 레드벨벳, 마마무 등 지금은 최고의 인기를 구가하는 아이돌 그룹이 당시 데뷔 무대를 가졌다. 그리고 소녀시대, 빅뱅, 2NE1, EXO 등 전설적인 아이돌 그룹이 활발히 활동하던 시기였다.

이제는 세계적 스타가 된 방탄소년단의 무대도 연출을 했었다. '상남자'라는 노래였다. 당시 막 인기를 얻고 있는 중이었는데, 그들이 무대를 할 때 객석에서의 함성이 범상치 않았다. 방탄소년단만의 단단한 팬층을 서서히 형성해가고 있는 것 같았다. 무대에서 몇 번이고 몸이 부서져라 퍼포먼스를 하고 거친 숨을 몰아쉬던 그들의 열정적인 모습이 아직 기억에 선명하다.

〈인기가요〉때 가장 기억에 남는 일은 소녀시대와 2NE1의 '동시 컴백'이다. 지금 또 다시 생각해봐도 한숨부터 나온다. 내가 연출을 맡은 지 고작 한 달 남짓 되었을 때였다. 대한민국 대표 거대 기획사, 대표 걸그룹의 한날 동시 컴백… 부담감이 보통이 아니었다. 인기 가수의 컴백 무대는 컴백곡의 콘셉트와 어울리는 특별 무대를 제작해 미리 녹화를 하기도 한다. 이를 '사전 녹화'라고 부른다. 많이들 알다시피 〈인기가요〉는 본래 생방송이긴 하지만 원활한 방송 진행과 보다 나은 퀄리티를 위해 사전 녹화도 많이 진행한다. 사전 녹화한 결과물은 편집 후 본 생방송 때 실시간 송출하고, 사전 녹화를 한 가수들 역시 생방송 때에도 참여한다. 자신의 차례에 무대에 올라 사전 작업된 결과물을 공개홀 관객들과 함께 보며 즐긴다.

그런데 메가톤급 두 그룹이 같은 주에 동시 컴백을 한

것이다. 사전 녹화도 같은 날이어서 두 그룹과 두 회사 간의 보이지 않는 신경전이 있었을 거다. 나는 그저 양쪽 다 잘해내야만 했다. 그러다 보니 평소보다 2배 이상의 준비가 필요했다. 소녀시대의 컴백 무대는 등촌동 공개홀, 2NE1의 컴백 무대는 상암동 프리즘타워 공개홀에서 진행했다. 각 그룹이 2곡씩, 무려 4곡의 사전 녹화를 했고, 세트 역시 4개를 준비한 '전쟁 같은 하루'였다.

그해 가을, 매년 연말 열리는 대형 쇼 〈가요대전〉 준비에 들어갔다. 방송 시간이 거의 4시간에 달하는 엄청나게 큰 생방송 쇼. 일단 장소부터가 등촌동 공개홀의 열 배는 넘을 삼성동 코엑스 컨벤션 홀이었다. 무대도 메인 무대 하나, 서브 무대 4개, 그리고 그해만 특별히 열린 시상식 무대, 그리고 추가적으로 세트로 제작한 트램 모양의 이동식 설치물 무대까지 코엑스에만 총 7개 이상의 무대가 만들어졌다. 게다가 등촌동 공개홀에도 특별 무대를 제작해 이원방송으로 이루어졌다. 평소 〈인기가요〉에서는 메인 무대 한 개에 7~8대 정도의 카메라를 운용했다. 그런데 〈가요대전〉은 본 무대가 있는 코엑스에서만 카메라가 무려 18대였다. 그 큰 쇼를 4시간 동안 생방송으로 어떻게 달렸는지 지금도 사실 그때가 정확히 기억이 나지 않을 정도로 꿈처럼 느껴진다.

그중 가장 꿈같았던 것은 어릴 적 우상과 다름없던 서태지 님을 직접 만났던 것이다. 출연이 성사되고 서태지 님의 사무실에서 그와 마주보며 무대 이야기를 하던 그때⋯. 어릴 적 친구들과 '난 알아요'의 회오리 춤(?)을 따라 추곤 했었는데, 이렇게 마주 앉아 그의 음악에 대해 이야기를 하다니, 지금 생각해봐도 아무래도 꿈이야.

'쇼의 해' 나의 마지막 프로젝트였던 〈가요대전: 슈퍼5〉는 어릴 적 우상 서태지의 엔딩과 함께 막을 내렸다.

다시 런닝맨, 달려라 형제

내가 쇼를 연출하고 있을 때, 회사의 가장 큰 이슈는 간판 예능 프로그램 〈런닝맨〉의 해외 진출이었다. 그것도 세계적으로 가장 크다는 중국 시장으로의 진출. 〈런닝맨〉의 해외 인기는 다년간 입증되어왔다. 그래서 이미 여러 나라, 여러 플랫폼이 눈독 들이고 있었다. 하지만 리얼 버라이어티 〈런닝맨〉은 다른 여타 수출 프로그램들처럼 '포맷화'하는 것이 어려웠다. 매회 내용도 천차만별로 달랐고, 특히 우리나라 버라이어티 프로그램에서 아주 흔하게 사용되는 '멀티 카메라 시스템'은 다른 나라 방송 관계자들이 보기에는 정말 '미친 짓'에 가까웠기 때문이다.

"이걸 100대가 넘는 카메라를 동시에 촬영하고, 그리고 편집을 해요? 대본도 없고요? 그걸 매주 90분 방송을 한다고요? 그게 가능해요?"

"… 저희가 지금 그걸 하고 있는 중입니다."

〈런닝맨〉의 해외 현지 제작은 여러 번 협상 제안이 있었다. 그렇지만 매번 이 같은 반응을 보이며 협상 진행이 중단되기 일쑤였다. 그런데 해외 진출의 활로가 열리기 시작했다. 바로 '공동 제작의 가능성' 논의로부터였다.

"〈런닝맨〉을 하고는 싶은데, 우리는 저렇게 못 만들겠으니 프로그램을 만들어줄 사람들도 같이 보내주세요."

단순히 포맷만 판매하는 조건이 아닌 관련 인력도 같이 제공하는 이른바 '공동 제작' 조건. 그래서 협상의 판이 더 커졌다. 세계적인 방송 시장인 중국에서도 이미 〈런닝맨〉의 인기가 하늘을 찌르는 중이었다. 멤버들의 인기도 대단했다. 그래서 유수의 중국 메이저 방송사, 제작사들은 저마다 좋은 조건을 제시하며 SBS와의 〈런닝맨〉의 공동 제작을 성사시키고자 했다. 갑이 된 SBS 입장에서는 가장 좋은 조건을 제시하는 곳과 계약하기만 하면 되는 행복한 상황이었다. 여러 곳이 치열한 프로그램 유치 작전을 벌인 끝에, 결국 중국 4대 메이저 방송사 중 하나인 저장위성과의 계약이 이루어지게 되었다.

이미 여러 기사를 통해서 알려진 바와 같이 방송 역사상 굉장히 파격적인 조건이었다. 대신 공동 제작 조건이기에 SBS도 조효진 PD를 필두로 한 〈런닝맨〉의 오리지널 제작진을 제공해 현지에서의 성공적인 방송 론칭을 하는 것이 계약의 핵심이었다.

그렇게 조효진 PD가 중국으로 건너가 중국판 런닝맨 〈달려라 형제〉 시즌1을 제작했다. SBS 입장에서 역대급 계약이자 프로젝트였기 때문에 파격적인 지원이 따랐다. 1년여 꿈같았던 쇼 프로그램 연출을 끝낸 나는 역시나 중국판 런닝맨에 투입되었다. 모두에게 잘 알려진 바와 같이 〈달려라 형제〉의 시즌1 마지막회는 시청률 4% 돌파라는 기록을 세웠다. 1%만 넘어도 대박이라는 중국 방송에서 역사상 길이 남을 대성공을 일궈내는 쾌거를 기록한 거다. 성공적으로 안착한 중국판 런닝맨 〈달려라 형제〉는 연일 화제를 모으며 성공적인 시즌1 방송을 마쳤고, 시즌1 방송 중 추가적으로 시즌2, 3의 제작도 결정되었다.

일하는 건 어디나 비슷해

나는 중국판 런닝맨 시즌2의 한국 측 총감독으로 결정되었다. 역사적인 메가히트를 이뤄낸 시즌1의 인기를 이어, 더 좋은 결과를 만들어내야만 했다. 시즌2부터 물리적인 제작은 중국 제작진이 했다. 큰 기획이나 촬영 전반에 대한 진행, 편집 전반에 대한 조언 및 총체적인 도움을 주는 것이 한국 측 제작진의 역할이었다. (결과적으로는 거의 다 한 거나 마찬가지였다.) 중국판 런닝맨이 방송되던 저장위성은 상하이에서 차로 4시간 정도 떨어진 대도시 항저우에 있다. 입사 십여 년 만에 대학 시절 꿈꾸던 해외 근무가 실현되었다.

시즌2의 중국 측 총감독이었던 위 감독은 이미 조효진 PD와 함께 시즌1을 이끌었던 인물이었다. 조효진 PD에게 전해 듣기로 그녀가 한국 제작진에 대한 신뢰가 굉장하고 능력도 좋다고 했다. 실제로 같이 일을 해보니 사소한 사항 하나하나까지도 나와 의논해가면서 모든 결정을 신중하게 했다. 시즌1의 대히트로 시즌2야말로 모든 이들의 큰 관심 속에 시작되었다. 대중과 매스컴의 관심은 폭발적이었고, 프로그램 스폰서 규모도 가히 역대급이었다. 그래서 나도, 그녀도 매우 부담이 컸다.

〈달려라 형제〉 시즌2는 중국의 서쪽 스촨성의 청두에서 시작했다. 시즌2 첫 회 게스트는 중국의 대스타 판빙빙. 청두의 대형 쇼핑몰 내 워터파크에서 시작된 촬영은 중반부에 이르러 도심의 한 공터로 이동했다. 진흙을 가득 채운 넓은 세트에서 머드 게임을 진행했다. 안젤라 베이비, 판빙빙을 비롯한 모든 출연자들이 온몸에 진흙을 잔뜩 묻힌 채 열심히 게임을 했다. 그런데 촬영이 진행될수록 점점 인파가 몰려들고 말았다. 급기야 마지막 촬영 장소로 예정되었던 대형 쇼핑몰은 이미 구경 나온 사람들로 가득찼다는 소식이 들렸다. 보통 중국에서는 사람이 너무 몰리게 되면 안전상의 이유로 촬영을 취소시킨다.

위 감독은 시 공안 측에서 촬영을 할 수 없다는 통보를 했다고 내게 알렸다. 우리는 시즌2 첫 회부터 예정한 촬영을 못하는 지경에 이르렀다. 바로 나와 작가들은 이 상황을 어떻게 타개해 촬영을 끝마치면 좋을지 긴급회의에 들어갔다. 그사이 중국 측 제작진은 연예인들을 챙기면서 촬영을 진행할 만할 대체 장소를 찾아 나섰다. 새벽시간이 다 되어 결국 우리가 머물던 숙소 내 컨벤션 홀에서 촬영을 재개할 수 있었다. 예정되어 있던 시그니처 게임 이름표 떼기는 할 수는 없었지만 그에 못지않은 피지컬한 그림이 나올 만한 게임들로 변경해서 진행했다. 다행히 멤버들과 게스트 판빙빙의 투혼으로 새벽 늦게까지 진행된 촬영은 무사히 끝났다.

중국판 런닝맨을 하러 중국에 가게 되었을 때, 몇몇 선배들이 가벼운 농담처럼 했던 당부들이 있었다.

"가서 많이 알려주지 말고, 알았지? 너네가 어떻게 만들어낸 건데, 그 노하우를 쉽게 전수해주지는 마라."

아무래도 그게 우리 가치를 더 긴 시간 유지하는 방법이었겠지만, 생각처럼 쉽지는 않았다. 아니, 그럴 마음을 가질 여유가 없었다. 무엇보다 프로그램의 결과가 가장 중요했기에, 뭘 숨기면서 일하는 게 불가능했다. 우리가 일하며 쌓아온 예능 버라이어티 제작 노하우는 자연스럽게 중국 방송 현장에 그대로 전수되고 있었을 거다.

처음에는 이런 일도 있었다. 중국 제작진은 카메라 배치라든지, 게임의 세팅이라든지 하는 게임 버라이어티 프로그램에서 가장 중요한 것들에 대해 정말 잘 몰랐다. 당연히 많이 해본 적이 없으니 그랬을 것이다. 그런데, 중국 VJ들—소형 카메라를 들고 찍는 카메라맨들을 일컫는 말. 주로 1대1로 연예인을 담당함—의 복장을 비롯한 겉모습이 놀랄 만큼 우리나라 VJ들과 비슷한 게 아닌가. VJ의 겉모습까지 따라가려 노력했나 보다. 진짜 그 모습이 하도 비슷해서 한국 VJ들과 헷갈리기도 했다. 한국 VJ들과 중국 VJ들이 처음에 서로 마주쳤을 때 잠시 얼어붙기도 했었다. 너는 나고, 나는 너? 마치 그런 상황.

시즌2 촬영이 절반 정도 진행되었을 때, 드디어 시즌2의 본 방송이 시작되었다. 시즌1의 후광 덕인지, 특급 게스트 판빙빙의 덕인지 첫 회부터 대박이 났다. 시청률이 무려 4.794%! 최고 시청률을 찍은 시즌1 마지막회의 4.116%보다 상승한 '초대박' 결과를 기록했다. 한 주 뒤 2화 역시 고정 멤버 안젤라베이비의 남편인 톱스타 황

효명이 게스트로 출연했다. 2화는 광고 불포함 시청률 5%를 기록했다. 2화 만에 꿈의 시청률, 5%라는 기록을 달성한 거다. 언어도 잘 안 통하고, 음식도 맞지 않던 타지에서의 생활이었지만 결과가 모든 불편을 삭제했다.

시즌2는 중반 이후에도 5% 이상의 수치를 간간히 기록하며 두 시즌 연속 '화려한 성공'으로 막을 내렸다. 나역시 첫 해외 파견 근무에서의 미션을 성공적으로 마쳤다. 회사에서 전례 없던 보너스도 받았다. 그러면서 너무나도 자연스럽고 당연하게도 시즌3 한국 측 총감독직을 계속하게 되었다.

예능 프로그램이란 게 참 기구하다. 잘되면 정말 좋다. 좋긴 한데, 잘되는 경우에는 끝이 없다. 워라밸 따위는 가슴에 품고 기약 없는 노동 쳇바퀴를 굴려야 한다. 그래도 요즘에는 시즌제 프로그램들이 많이 정착을 해서 좀 나아졌다. 하지만 그때는 그랬다. 죽어야 끝나는 기구한 예능 프로그램의 운명. 유재석 형을 비롯해 여러 연예인들과 사담을 나누던 자리에서도 이 얘기는 단골이었다.

"우리는 잘 안 돼야 끝나. 잘되면 주구장창 계속 해

야 돼."

　박수 칠 때 잘 떠나는 것, 꼭 방송 일이 아니더라도 모든 일에서 일하는 자들이 꿈꾸는 것일 거다. 그러나 보통 예능 프로그램들의 운명은 그렇지 않다. 박수 칠 때는 절대 떠나지 못한다. 그 박수가 없어지고 사라질 때 외로이 떠난다.

공동 제작 성공의 Key?

중국판 런닝맨 〈달려라 형제〉 시즌1의 대성공을 이뤄낸 조효진 PD는 2015년 6월 SBS 사보를 통해 공동 제작 성공의 열쇠가 '상대를 존중하는 마음과 많은 대화'라고 밝혔습니다. 다시 말해 '우리가 그들보다 앞서 있다'라는 마음이 아닌 '우리와 다른 방식으로 방송을 하고 배워온 사람들이다'라며 존중하고 인정했다는 뜻이겠죠. 그러면서 동시에 '현지화'에 집중했다고 했어요. 〈런닝맨〉을 그대로 가져가 언어만 바꿔서 제작하는 것이 아니라, 현지 제작진의 의견을 많이 참고하면서 다른 언어, 다른 문화에 맞게 새로운 내용적 기준을 설정하는 것, 그것을 위해 중국 제작진과 많이 대화하는 것, 그것이 공동 제작의 핵심이었다는 얘기입니다.

저 역시 시즌2부터 중국판 런닝맨을 하면서 비슷한 점을 많이 느꼈어요. 일단 야외 게임 버라이어티라는 장르가 중국 제작진들에게 익숙지 않은 것이었고, 언어 및 문화적인 차이들이 너해저 정말 사소하고 작은 것 때문에 오해를 일

으킬 때가 많았습니다. 그런 미스커뮤니케이션은 결국 다시 대화해서 푸는 수밖에 없었죠. 이런 갈등이 쌓여갈수록 아무런 조치를 하지 않는다면 결국에는 크게 터져버렸을 거예요. 말그대로 '공동' 제작이기 때문에 공동의 공감대와 합의가 꼭 필요합니다. 그에 따르는 길고 긴 커뮤니케이션 시간은 필연적입니다. 그 과정에 지치지 말아야 하고 당연하게 받아들이는 게 가장 중요해요.

그런데 같이 일했던 중국 연예인 대다수는 초반에 걱정했던 것과는 다르게 그 수준이 상당히 높아서 놀랐습니다. 특히 중국판 런닝맨 멤버들 대부분은 한국 문화에 대한 이해도도 높았고, 오리지널 〈런닝맨〉을 꼼꼼히 시청했어서 자신들이 한국 〈런닝맨〉의 어떤 멤버에 매칭되는지도 잘 알고 있었죠. 한국 예능인들만큼 척하면 척까지는 아니었지만 프로그램에 대해 굉장한 열의가 있었고 매사 열심히 임했죠. 그리고 망가지는 걸 전혀 두려워하지 않았고 열려 있었어요. '외국인 PD가 시키는 것을 그대로 잘 따를까?' 걱정했던 건 기우였습니다. 오히려 먼저 많이 묻고 지금 하고 있는 것이 맞는지, 재미있는지 계속 확인하곤 했습니다. 드넓은 대륙 중국이라지만, 사실 특급 연예인의 수는 상대적으로 적은 편입니다. 그래서 그들의 부와 인기, 사회적 대우는 정말 상상을 초월하죠. 그런 그들이 '다 내려놓고' 외국인 제작진들의 지시에 따르며 진심으로 촬영에 임한 것이죠. '재미와 공감에 대한 서로 간의 신뢰만 있다면 언어가 다르고 문화가달라도 해낼 수 있다!'라는 것을 느끼게 해준 소중한 공동 제작의 경험이었습니다.

파견이 끝나고 난 뒤

중국판 런닝맨 시즌2부터 본격적으로 시작했던 타국에서의 생활. 어느덧 시즌2, 시즌3를 거쳐 시즌4에도 관여하게 되면서 약 1년 반의 시간이 흘러갔다. 직함이 낯선 PD라지만 그사이 '차장대우'라는 직함도 달았다. 비록 타지 생활로 힘든 일도 많았지만 중국 방송 생활을 통해 많은 것을 얻기도 했다. 국내 방송사 PD로서 경험하기 힘든 큰 시장에서의 도전, 그리고 낯선 그들과의 공동 제작을 통한 협업. 무엇보다 엄청난 결과를 냈다는 성과까지. 하지만 PD라면 역시 '자기 것'이 있어야 하기에 '내 것'에 대한 열망이 꿈틀거리는 중이었다. 그리고 너무 〈런닝맨〉을 오래 하기도 했었다.

이젠 스펙 좀 그만 쌓고 내 날개를 제대로 펼쳐야 할 때였다. 숟가락 잘 얹어 얻어진 〈런닝맨〉 초창기 전성기

PD 중 한 명이라는 것 외에 중국판 런닝맨 한국 측 총감독으로 이루어낸 큰 성과까지 더했으니 이만하면 됐다 싶었다. 예능 PD로서 굵직한 스펙은 이 정도면 어디 빠지지 않는 것 같았다. 이제는 앞으로 만들어낼 프로그램이 중요했다. 과연 어떤 새로운 프로그램을 만들어내야 할까.

마침 세상도 급변하는 중이었다. 이제껏 지상파 위주로 소비되던 콘텐츠 시장은 이미 종편, 케이블, 위성방송 등 새로 등장한 수많은 매체들로 다분화되어 치열한 경쟁에 돌입한 상태였다. 또한 넷플릭스나 유튜브 같은 새로운 플랫폼도 등장해 사람들의 시청 패턴을 급격하게 바꾸고 있는 중이었다. 프로그램을 만드는 PD로서 이러한 변화에 늘 민감해야만 한다. 그래야 이 전쟁터 같은 콘텐츠 시장에서 살아남을 수 있다.

"응, 휴가 갔다 와서 〈런닝맨〉으로 가."

그렇게 향후를 고민 중이던 나에게 떨어진 인사 발령은 새 프로그램 기획이 아닌 한국 〈런닝맨〉으로의 복귀였다. 중국판 런닝맨은 연일 역사를 쓰며 초인기 프로그램으로 승승장구하고 있었지만, 정작 '오리지널' 〈런닝맨〉이 문제였다. 화제성이 사라지고 시청률 역시 저조해진 지 꽤 된 상태였다. 오죽하면 '중국 런닝맨의 인기 때문에 프로그램을 없애지 못한다.'라는 말이 떠돌고 있었다.

아니, 아무리 그래도 또 다시 〈런닝맨〉을 가라니. 이미 진작에 3년 반을 했고, 또 중국에 가서 1년 반을 넘게 한 〈런닝맨〉을 다시 하라니. 물론 이번에는 단독 메인 연출 자리긴 했지만, 그래도 이제는 〈런닝맨〉이 아닌 나만의 새 프로그램을 하고 싶었다. 하지만 하라면 해야 되는 회사원이었던 나는 또 어쩔 도리가 없었다. 그렇게 또 다시 런닝맨행 열차에, 그 기관차에 올라탔다.

쇼 PD였던 한 해를 빼고 6년째 〈런닝맨〉이다. SBS에 입사해서 어느덧 14년 차가 되었는데, 그 직장생활의 거의 반 남짓을 〈런닝맨〉과 관련한 PD로 살았던 셈이다. 좋든 싫든 일단 〈런닝맨〉을 살리라는 특명을 수행하기 위해 또 다시 달렸다. 그런데 불과 두 달 후, 다시 국장님의 호출이 왔다.

"새 프로그램 기획해라."

"에…? 이제 막 시작해서 뭘 해보지도 않았는데 다시

기획이요?"

"그래 그렇긴 한데. 후배들한테도 기회를 줘야지."

기껏 〈런닝맨〉으로 마음잡고 복귀했는데 뭘 해보지도 못했던 시점이었다. 순간 만감이 교차했다. 그러다 한 생각이 내 뇌리를 스쳤다.

'그래. 어쩌면 지금이 때가 아닐까?'

'레거시' 밖으로 나갈 때였다.

앞으로도 지옥에 살리라

인기를 얻고 있는 예능 프로그램들을 보며 많은 생각이 드는 요즘이다. 점점 '독하고', '가공이 덜 된 날것'이 인기를 끌고 있다. 프로그램 제목에서부터도 독함이 뿜어져 나온다. 프로그램을 만드는 내 입장에서 생각해보면, 사람들의 관심이 이런 것을 향하는데 이런 콘셉트가 과연 내가 재미있게 잘 만들 수 있는 것인가 하는 딜레마에 빠진다. 프로그램은 일단 만드는 사람이 재미있게 만드는 것부터 시작한다고 생각하기 때문에, 자신이 없는 형식이나 장르로는 선뜻 기획하기가 어렵다. 이 지옥에서 살아남아야 하기 때문에 타협해야 될 수도 있다. 그렇지만 아직은 죽이 되든 밥이 되든 내가 재미있게 잘할 수 있는 기획으로 대중의 사랑을 받는 프로그램을 만들고 싶은 욕심이 있다.

얼마 전 칸에서 박찬욱 감독님이 한국 영화가 왜 다양하고 역동적인가 하는 질문에 이런 대답을 한 걸 봤다.

"한국 관객들은 웬만한 영화에 만족하지 못한다. 장르 영화 안에도 웃음과 공포, 감동이 다 있기를 바라는 까다로운 한국 관객들 덕분에 매번 긴장했어야 했고 더 노력했어야 했다."

그러면서 한국 영화가 발전했다고 했다.

예능도 마찬가지일 거다. 우리나라 대중의 예능에 대한 기대치 역시 매우 높다. 언제나 '내가 만든 프로그램에 시청자가 단 한 번도 웃지 않을 수 있다'는 생각을 한다. 시청자들은 진부한 것보다는 늘 새롭고 신선한 기획을 기다린다. 지금의 예능 콘텐츠 시장은 어떠한가. 매일매일 수많은 콘텐츠가 쏟아져 나오고, 사라지고 있다. 그야말로 치열한 경쟁의 장이다. 그래서 이 예능 지옥에서 살아남기 위해서는 단 한 가지, '신선함'에 모든 걸 걸어야 한다.

프로그램을 기획하는 이야기에서 빠진 게 있다면 이와 관련한 것이다. 나는 새 프로그램을 기획할 때, '적어도 한 가지만은 새로운 것을 만들자.'라는 원칙을 갖고

한다. 많은 예능 PD들 역시 그럴 것이라 생각한다. 모든 것을 새롭게 할 수는 없다. 그래서 단 한 가지만이라도 새롭다면, 아마도 성공한 기획이다. 적어도 이 원칙만 실천할 수 있다면 치열한 예능 콘텐츠 시장에서 살아남을 수 있을 것이다.

이곳은 재미있지만, 지옥이다. 이 지옥행 열차에 오르고 싶은 분이 있다면 말씀드리고 싶다. 진부한 조언으로 들릴 수 있지만, 평소 다양한 경험을 많이 쌓으시라. 얕고 넓게, 그게 더 좋다. 대중의 취향은 너무나도 다양하며 예능 소재는 그 한계가 없다. '즐기는 사람 못 이긴다'고 했다. 이곳은 딱 그런 곳이다. 즐길 수 있도록 지금 무엇이든 경험하고, 체험하고 느꼈으면 좋겠다.

일전에 '시간을 잡아라'라는 주제로 강연을 한 적이 있다. 다양한 콘텐츠 플랫폼들이 등장한 지금은 말 그대로 '플랫폼 춘추전국시대'이다. 시청자들의 선택지는 너무나도 많아졌고, 지금 이 순간도 무수한 콘텐츠가 탄생한다. 이 수많은 콘텐츠들 속에서 내가 만든 프로그램이 시청자들의 선택을 받는다는 것은 결국 시청자들이 그들의 고귀한 시간을 '투자'한다는 의미이다. 백화점, 마트, 테마파크 등이 그렇듯 모든 소비자를 상대하는 산업들은 사람들의 시간을 조금이라도 더 잡기 위해서 몰두하고 있다. 콘텐츠 산업도 마찬가지다. 시간을 어떻게 잡아둘지가 관건이다. 그러기 위해서는 경쟁력 있는 질 좋은 콘텐츠를 만들어내는 것과 동시에, 앞서 말했듯 새로움과 신선함이 갖춰져야 할 것이다.

더불어 전략적인 마케팅과 홍보가 어느 때보다 중요해졌다. 이 많은 콘텐츠 중에서 사람들의 눈에 띄어야 하기 때문이다. 하지만 기존의 '레거시 미디어'들은 이 시간을 잡기 위해 보다 안전한 선택에 주로 몰두하고 있다. 여전히 시청률적인 결과에만 집착한다. 점점 새로운 세대가 콘텐츠의 주 소비층으로 대체되고 있고 글로벌 시청 환경이 조성되고 있는 지금, 우리는 더욱 과감한 도전을 해야 한다.

예능은 더 이상 예능끼리 경쟁하는 시대가 아니다. 예능은 이제 드라마와 경쟁하고 있다! OTT를 통해 공개되는 오리지널 콘텐츠들은 예능, 드라마라는 특별한 구분 없이 그저 그날 공개되는 하나의 작품이자 콘텐츠이기 때문이다. 따라서 더더욱 현재의 결과에 집착하거나 새로운 것에 대한 시도에 인색하면 안 된다. 그것은 결국 시청자들의 관심에서 멀어지고 도태되는 결과를 초래한다. 변하는 세상에 무작정 도전해보자는 객기, 이것이 내가 레거시 미디어를 박차고 나온 가장 큰 이유일 것이다.

재미지옥에서 왔습니다

초판 1쇄 인쇄 2022년 9월 13일 | 초판 1쇄 발행 2022년 9월 30일

지은이 김주형

펴낸이 신광수
CS본부장 강윤구 | 출판개발실장 위귀영 | 출판영업실장 백주현 | 디자인실장 손현지
단행본개발팀 권병규, 조문채, 정혜리
출판디자인팀 최진아, 당승근 | 저작권 김마이, 이아람
채널영업팀 이용복, 우광일, 김선영, 이채빈, 이강원, 강신구, 박세화, 김종민, 정재욱, 이태영, 전지현
출판영업팀 민현기, 최재용, 신지애, 정슬기, 허성배, 설유상, 정유
영업관리파트 홍주희, 이기준, 정은정, 이용준, 정보길
CS지원팀 강승훈, 봉대중, 이주연, 이형배, 이우성, 전효정, 이은비, 장현우

펴낸곳 (주)미래엔 | 등록 1950년 11월 1일(제16-67호)
주소 06532 서울시 서초구 신반포로 321
미래엔 고객센터 1800-8890
팩스 (02)541-8249 | 이메일 bookfolio@mirae-n.com
홈페이지 www.mirae-n.com

ISBN 979-11-6841-372-6 (03810)